우느라 길을 잃지 말고

우느라 길을 잃지 말고

이정하 지음

문이당

책머리에

생각보다 생은 잔인하고 쓰라리다. 외로움은 덤이고. 내 힘으로 할 수 없는 것들이 세상엔 수도 없이 깔려 있고 희망이라 이름붙인 것들은 여전히 멀기만 하다.

하지만 그래도 우리는 간다. 간혹 눈물을 흘리는 것은 패배가 아니다. 가지 않을 수 없는 길, 슬픔을 덜어내고 몸 가볍게 가기 위한 눈물겨운 투혼이다.

2018년 10월
이정하

차례

책머리에

green
따로 걷는 한 길

blue
줄 수 있을 때

red
외면하는 너에게

purple
바람 속을 걸어가다

부디 지나치지 말고 네 삶의 역에 잘 내리기를 바란다

GREEN

따로 걷는 한 길

꽃이 피는 것은

꽃이 피는 건
땅이 있어서야.

햇볕이 있고
바람이 있고

꽃 피길 바라는
마음이 있기 때문이야.

꽃 하나라도
그냥 피지 않아.

울고 있는 소녀에게

전철 앞자리에서 한 소녀가 울고 있다.

감고 있는 눈에서 눈물이 주르르 흐른다. 저렇게 슬픈 눈물은 누군가를, 혹은 무언가를 잃은 아픔 때문일 것이라고 짐작하며 나는 조용히 고개를 돌렸다.

소녀여, 살아가는 동안 슬픔은 피할 수 없다. 그렇게 우린 슬픔과 포용하며 산다. 지금의 너에게 가장 큰 재산은 이 정직한 눈물밖에 없지 않을까. 어떻게든 너는 견뎌낼 것이고, 세월이 흘러 이 순간을 돌이켜볼 때 알 수 있을 것이다. 지금의 눈물이 너를 다시금 시작케 하는 다짐 같은 것이었음을.

그런 동안에 전철은 몇 정거장을 지나쳐갔고, 수많은 사람들이 타고 내렸다. 이윽고 내가 내릴 역이다. 자리에서 일어서며 나는 여전히 울고 있는 소녀에게 마음속 당부를 전했다.

소녀여, 부디 지나치지 말고 네 삶의 역에 잘 내리기를 바란다. 우느라 길을 잃지 말고.

green03

깃털처럼 가볍게

그동안 괜한 힘을 주며 살았다. 생각해보니 아무짝에도 쓸모 없는 힘들을. 눈빛에, 발걸음에, 하다못해 손짓 하나에도 힘이 들어갔고, 내 말과 생각에도 어김없이 힘이 실려 그 무게를 감당하느라 나는 또 허덕거리며 살아야 했다.

비우고 털어내서 가볍게 할 수는 없을까. 내 몸과 생각을 깃털처럼 가볍게 만들 수만 있다면 온갖 찌든 삶을 훌훌 떨치고 날아갈 수 있을 텐데. 무게로부터의 해방, 그것이 선행되지 않고선 삶의 자유는 아주 먼 나라의 이야기나 다름없다.

나이가 들어갈수록 뒤를 돌아보는 일이 잦아졌다. 나이는 자책의 숫자와 비례한다. 그동안 나는 무엇을 잡으려고 이리도 허우적거렸는가. 지금에 와서야 깨닫게 된다. 세상엔 내 것이 하나도 없다는 걸.

삶은 생각보다 훨씬 더 쓸쓸하고 외로웠고, 보기보다 더 메마르고 잔인했다. 비우며 살아야 했다. 내게 주어진, 아니 주어졌다고 생각했던 삶의 무게를 하나씩 덜어내고 가볍게 만들어야 그나마 약간의 숨통이라도 틔울 수 있었다.

사랑, 그 아픈 가슴앓이

스무 살이 되던 해, 저녁노을이 숨 막히게 예쁜 가을날 그녀
와 나는 하행열차를 탔다. 기차를 타고 나는 끝없이 가고 싶
다는 생각을 했고, 그 생각을 눈치챈 듯 그녀는 웃었다. 그
아련한 미소가 내 가슴을 또 얼마나 저리게 했는지.

나는 알고 있었던 것이다. 이 여행을 끝내고 돌아오면 다시
는 그녀를 볼 수 없다는 것을. 가족들과 함께 어디 먼 나라에
이민을 간다는 그녀. 고국에서의 마지막 가을을 그저 무덤덤
히 보내고 싶지 않다는 그녀의 말에 함께 떠나게 된 여행.

"안 갈 수는 없어?"

시골의 어느 조용한 간이역을 막 지나고 있을 무렵 나는 기어
이 그 말을 꺼내놓고 말았다. 그때 내게 가장 절실했던 문제
를. 정말이지 나는 그녀를 멀리 보내고 싶지 않았던 것이다.

마음만 먹으면 언제든지 볼 수 있는 곳, 버스만 타면 가볼 수 있는 그런 곳에 그녀가 있어주기를 진정으로 바랐으므로.

"……."

대답 대신 그녀는 쓸쓸히 웃었다. 선로처럼 정해진 길을 가야 하는 그녀의 입장으로선 나의 그 투정 섞인 물음이 못내 가슴 아팠을 것이다.

차라리 따뜻한 말로 보내줄 수 있었더라면. 어차피 갈 수밖에 없었던 상황이라면 초연하게 보내줄 수 있었더라면. 그래서 그녀의 마음이나마 덜 아프도록…….

세상에 태어나 이성을 처음 사랑한 그 시절, 지금 생각해보면 참 풋내 나는 시절이었지만 그때만큼 순수하고 진실했던 때는 내 일생에 다시없을 듯싶다. 어른도 아니고 그렇다고 어린애도 아닌 그 시기. 삶의 길을 부지런히 모색해야 할 때라 그 무렵 다가온 사랑은 서로의 가슴앓이로 그칠 공산이 컸다.

산다는 것과 사랑한다는 것. 그 시기엔 두 가지 다 버거운 것이 사실이지만 그 모두를 더욱 성숙시킬 수 있는 무한한 가능성 또한 지니고 있다. 정해진 진로 때문에 어쩔 수 없이 사랑을 포기해야 하는 경우도 있지만, 그 아픈 가슴앓이로 인해 자기 삶이 더욱 풍성해지고 윤택해질 수도 있다.

당신이 젊다면, 젊다고 생각한다면 더욱 간절하고 몸살 나는
사랑을 앓기를 바란다. 그 시기가 지나고 나면 더 이상 '왜?'
라고 하는 질문 없이는 사랑이 가능치 않기 때문이다.

넋두리만

그리고 가을이 왔다.

바람이 불었고 꽃잎은 흩날렸다.

창문을 열고 먼발치를 내다보는 것은

기다림의 대상이 구체적이어서가 아니다.

절박하게 기다리는 것은 늘 저만치

멀리 떨어져 있었으므로.

그저 창문을 열고,

바람이 부나 보다

꽃이 지나 보다

넋두리만

기다리지 않아도 오는 사람이 있고
아무리 기다려도 오지 않는 사람이 있다.
이럴 때 사람들은 대개 눈을 감는다.
원치 않는데도
자꾸만 다가오는 사람을 외면하려고.
혹은,
기다려도 오지 않는 사람을
조용히 떠올리기 위해.

따로 걷는 한 길

각자 사랑하라.

둘이서 하려 하지 말고 혼자서 사랑하라.

그에게 맞추려 하지 말고 강요도 하지 말고

자기 방식대로 사랑하라.

서로 각자의 길이 있을 듯싶어. 아무리 사랑하는 사이일지라도 말이야. 그런데 하나의 길로 늘 같이 가야 한다고 생각하는 데서 아쉬움과 불만이 생기고, 그래서 그 사랑에 금이 가고, 결국에는 갈라지고 마는 경우가 있지.

서로의 길을 인정하는 데서부터 사랑은 시작되어야 해. 자신의 길을 잘 가고 있는 사람을 굳이 내 쪽으로 오라고, 나와 함께 가야 한다고 성화를 부리는 것은 독선이자 집착이야.

서로 어떤 길을 가든 마음만 함께이면 되지 않겠어?

사랑을 시작하는 연인들에게 꼭 권하고 싶은 일이 있어. 양수리에 한번 가보라고. 거기 강둑에 나란히 앉아 북한강과 남한강이 합쳐지는 모습을 물끄러미 쳐다보라고. 그러면 알게 될 거야. 그 먼 길을 달려온 두 강이 어떻게 하나가 되는가를. 그리하여 하나가 되어 흘러가는 강의 모습은 또 얼마나 아름다운가를.

내가 그를 사랑하고 그가 나를 사랑한다고 해서 우리 가는 삶의 길이 같은 것은 아니다. 다른 길이면 어떤가. 그와 내가 손을 잡고 있는 한, 두 길은 하나가 되느니. 그 한 길로 영원을 가느니.

우분트

넬슨 만델라 대통령이 자주 쓴 말 중 하나인 '우분트'는 '네가 있기에 내가 있다'라는 뜻의 반투족 언어다. 거기엔 이러한 일화가 담겨 있다.

어떤 인류학자가 나무에 음식을 매달아놓고 먼저 도착한 사람이 그것을 먹을 수 있다고 반투족 아이들에게 전했다. 그런데 아이들은 각자 뛰어가지 않고 모두 손을 잡고 가서 함께 음식을 먹기 시작했다. 의아해진 그가 아이들에게 물었다.

"먼저 간 사람이 다 차지할 수 있는데 왜 함께 간 거지?"
그러자 아이들은 '우분트'라고 외치며 이렇게 대답했다.
"모두 슬픈데 어째서 한 명만 행복해질 수 있나요?"

당신이 있어 내가 있다. 당신이 행복하기에 나도 행복하다.

자리 하나

네가 피곤하다면 나는 그저 조용히 지켜만 보고 있을게. 네가 힘들다면 어설픈 위로보단 따뜻한 눈빛으로 너를 쳐다보며 몇 날 며칠이라도 네 곁을 지키고 있을게. 네가 기쁘다면 그건 내게 더할 나위 없이 행복한 일, 아마도 세상에 나만큼 좋아해줄 사람 또 없을 거야.

그러니 너는 내게 주저 없이 와도 돼. 기왕이면 좀 더 가볍고 상쾌하게 올 수 있도록 한결같은 내가 되어줄게.

사랑이 아름다운 것은 진심어린 배려가 담겨 있기 때문이다.
자신은 서 있더라도 그를 위해 자리 하나를 마련해주기 때문이다.

봄을 맞는 자세

처음에 어린 새가 날갯짓을 할 때는
그 여린 파닥임이 무척 안쓰러웠다.
하지만 점점 날갯짓을 할수록
더 높은 하늘로 날아오를 수 있다는 것은
우리 삶도 꾸준히 나아가기만 한다면
얼마든지 풍성해질 수 있다는 뜻일 게다.

봄이 그냥 오진 않았을 것이다. 누군가의, 또 무언가의 노력
이 있었기 때문에 왔을 것이라고 생각한다. 끌고 오려는 노
력과 바람, 무언가 대비하고 준비하는 자세, 그건 우리가 인
생을 살아가는 데 정말 중요한 것이 아닐까? 바다 건너 일본
에 큰 지진이 자주 나지만 거기에 비해 희생과 피해가 적은
것은 그들이 꾸준히 준비하고 대비해왔기 때문일 것이다.

가만히 앉아 기다리는 사람에게 과연 원하는 것이 올까?

원하는 것이 있다면 멱살을 잡아끌고서라도 데려올 수 있는

열정과 기지가 필요하다. 아직도 겨울이라고 꽁꽁 방구석에

숨어 있는 나 같은 사람, 그리고 당신에게.

봄이 와서 꽃 피는 게 아니라 꽃 피어서 봄은 오는 것이다.

누구나 혼자이지 않은 사람은 없다

어두워져야 눈을 뜬다.

혼자였을 때 한낮의 밝은 태양은 때로 참혹함으로 다가온다. 대낮이 싫었다. 숨을 구석 하나 없이 나 혼자만 훤히 비쳐지는 것이. 외로움이었을 것이다. 나뭇잎 하나가 바람에 흔들릴 때, 구겨지고 찢겨지는 아픔보다 그를 더 못 견디게 하는 것은 저 혼자만 이렇게 흔들리고 있다는 그런 외로움.

날마다 확인했다, 텅 빈 나의 주위를. 내가 외로움을 느낄 때 주변의 사물들은 더 선명히 드러났다. 사람들 속을 걸어가고 있을 때 나는 더 외로웠다. 나 혼자서 어딜 가고 있는가. 무얼 그리 부여잡으려고 손을 내밀고 있는가. 있는 힘을 다해 껴안아 보면 어김없이 외로움뿐이었다.

내 가장 은밀한 말들을 털어놓고 싶었지만 누구도 내 말에 귀 기울여 주지 않았다. 함께 커피를 마시고 이야기를 나눈 다고 해도 그저 일상적인 대화만 오갈 뿐, 마음 깊숙이 있는 이야기는 들으려고 하지 않았다. 그러고 보니 진실로 상대의 눈을 쳐다보며 이야기한 때가 언제였던가? 있기나 했던가? 말을 할 수가 없어 말을 하지 않으면 이번에는 비밀을 털어 놓지 않는다고 야단이었다. 말 못할 사정이 있는지 없는지는 전혀 고려하지 않고 무조건 털어놓지 않는다고 책망하기 일 쑤였다. 비밀을 털어놓는다는 것은 상대방의 이해를 구하고 도움을 청하는 일이다. 그런데 외려 손가락질하고 뒤에서 수 군수군 흉만 본다면 누가 입을 열 수 있을까.

살아갈수록 '혼자'라는 생각이 강하게 든다. 태어나서 죽는 순간까지 수많은 시간들이 혼자였고 혼자일 것이다. 수많은 사람들이 곁에서 서성거렸지만 정작 중요한 순간에는 비켜나 있었다. 기대고 싶을 때 그의 어깨는 비어 있지 않았으며, 잡아줄 손이 절실히 필요했을 때 그는 저만치에서 딴짓을 하기 일쑤였다. 살아가는 동안 모두가 이방인인 것이다. 슬픈 일이지만 여태껏 나를 사랑했던 사람들까지도.

산다는 건, 결국 내 곁에 아무도 없다는 것을 확인하는 일이었지. 비틀거리고 더듬거리더라도 혼자서 걸어가야 하는 길임을.

우리는 늘 두리번거리지. 결국 혼자라는 것을 알면서도
끊임없이 누군가를 찾아 헤매지.

나비가 되기까지

"한 마리의 나비가 되기로 결심했을 때 무엇을 해야 하죠?"
"나를 잘 봐. 지금 고치를 만들고 있단다. 숨는 것처럼 보이겠
지만, 고치란 피해 달아나는 장소가 아니야. 변화가 일어나는
동안 잠시 머무르는 여인숙과 같은 곳이지. 그것은 하나의 커
다란 도약이란다. 다만 시간이 좀 걸리겠지만 말이다."

트리나 폴러스가 지은 『꽃들에게 희망을』의 한 대목이다. 도
약을 위한 변화, 거기에 따르는 고통은 참을 만하다.
나비가 되기 위해서 애벌레는 컴컴하고 외로운 누에고치 속
에서 오랜 세월을 기다려야 한다. 그러나 그 인고의 세월은
나비가 될 수 있다는 희망이 있기에 견딜 수 있고 이겨낼 수
있다.

주저앉고 싶을 때. 아무 곳이나 털썩 주저앉아 있고 싶을 때. 그러나
그런 때일수록 더욱 힘주어 걸어가야 해. 삶이란, 당신에게 일어나는
일이 아니라 당신이 만들어가는 일이거든.

봄비

울지 마라.

울지 마라.

어느 해 봄날이었다. 오래도록 연락조차 못 드리다 마음을 고쳐먹고 어머니에게 전화를 걸게 되었는데, 당신의 목소리가 들리자마자 갑자기 눈물부터 쏟아졌다. 울먹이고 있는 나에게 어머니가 하신 말씀. 사내자식이 눈물 보이면 못쓴다. 그렇게 흔한 눈물로 이 세상 어찌 살래?

비가 내려, 봄비가 내려 마음 허물어지더라도 울면 못쓴다.

몽산포에서

너와 함께 걷는 길이 꿈길 아닌 곳 어디 있겠어. 해 질 무렵 몽산포 솔숲 길은 지상의 길이 아닌 듯 참으로 아득한 꿈길 같았어. 그저 함께 걸을 수 있는 것이 좋았던 나는 입을 다물 었지. 말하지 않아도 우리 속마음 서로가 모르지 않기에. 그래, 아무 말 말자. 약속도 확신도 줄 수 없는 공허한 말로 헛 웃음 짓지 말자.

솔숲 길을 지나 해변으로 나가는 동안 석양은 지기 시작했고, 그 아름다운 낙조를 보며 너는 살며시 내게 어깨를 기대 왔지. 함께 저 아름다운 노을의 세계로 갈 수는 없을까, 그런 생각으로 내가 너의 손을 잡았을 때 너는 그저 쓸쓸한 웃음 을 보여줬지. 아름답다는 것, 그것이 이토록 가슴을 저미게 할 줄이야.

몽산포, 해 지는 바다를 보며 나는 그대로 한 점 섬이고 싶었어. 너에겐 아무 말 못 했지만 사랑한다, 사랑한다며 네 가슴에 저무는 한 점 섬이고 싶었어.

걷다 보니 어느덧 돌아갈 시간이 다 되었어. 여전히 바다는 발밑에서 출렁이고 있는데 우리는 이제 제 갈 길로 가야 해. 또 얼마나 있어야 너와 마주할 수 있을지, 이런 날이 우리 생애에 또 있기나 할는지, 몽산포 그 꿈결 같은 길을 걸으며 나는 예감할 수 있었지. 내 발밑에서 밀려왔다 밀려가는 파도처럼 너 또한 내 삶의 한가운데 밀려왔다 기어이 밀려가리라는 것을. 그대와의 동행이 얼마간은 따뜻하겠지만 더 큰 쓸쓸함으로 내 가슴에 남으리라는 걸.

다시 몽산포에서

너는 돌아가자고 했고 나는 조금 더 있자고 했어. 그대는 어두워졌다고 했고 나는 별이 떴다고 했어. 여전히 몽산포 파도소리는 그대로였지. 전에 걸었던 솔숲 길도 변함이 없고, 지금 나서면 서로의 길을 가야 한다는 것마저 다르지 않지만 어쩐 일인지 너의 얼굴빛은 예전과 달랐어.

나는 아직 너를 벗어나지 못했는데, 어쩌면 나는 끝내 네 안에서 맴돌지도 모르는데 너는 이미 나를 떠날 준비를 하는 모양이야. 말은 하지 않았지만 부러 나를 외면하는 너의 눈빛이 그것을 알려주고 있었지. 마음 급한 너와는 달리 밤새도록이라도 걷고 싶었던 몽산포 백사장. 밀려왔다 밀려가는 파도처럼 우리 만남에도 헤어짐이 있겠지만 서둘러 너를 보내긴 싫었어. 조금이라도 천천히, 조금이라도 더 너와 함께 하고픈 마음을 이해하겠는지. 너는 이미 다른 길로 접어들었다고 해도 상관없이 도저히 너를 보낼 수 없는 내 마음을 아는지. 너는 떠나보내도 내 사랑만은 떠나보낼 수 없는 이 참담한 마음을 알고나 있는지.

너는 잊는다고 했고 나는 그럴 수 없다고 했지. 너는 사랑했었다고 했고 나는 사랑한다고 했어. 꿈결처럼 파도소리 들려왔지만 꿈결처럼 별빛이 떠 있었지만 나는 아무것도 들을 수 없었고 아무것도 볼 수 없었어. 몽산포 그 밤바다에 그저 뛰어들고 싶은 마음뿐이었어. 그저 빠져죽고 싶은 마음뿐이었어.

현실을 인식했더라도 사랑하지 않을 수 없는 것 또한 사랑이니,
철저히 현실을 깨닫게 해주지만 철저히 그 현실을 벗어나고 싶게 하는.

당신이 지나간 자리

꽃 지고 나면 열매가 남지만
사랑이 다한 자리엔 무엇이 남을까.

한때 봄이었고 사랑이었던 너에게 묻는다,
그때 너는 내게 꽃으로 피었던가.
네가 가고 난 다음 열매로 남았던가.

너 없이도 꽃은 피고 진다.
몇 번의 봄이 더 와도 메우지 못할
깊은 수렁만 남기고 간 사람이여.

중요한 것은 우리가 만났다는 사실이다. 세상의 수많은 사람들과
또 억겁의 시간 중에서. 그건 운명이다. 너와 나의 삶이 그렇게
결정지어졌기 때문이다. 그 다음 운명은 안타깝게도 알 수가 없다.

차라리 잊어야 하리라, 할 때

당신은 또 내게 온다.

오늘 아침엔
장미꽃이 유난히 붉었다.
그래서 그대가 또 생각났다.

잘 지낸다고 했다. 사는 게 그렇지 뭐 특별한 일 없다고. 나
는 쓴웃음 지었다. 당신이야 그럴지 모르겠지만 내가 어찌
당신 없이 잘 지낼 수 있을까.

가까이 있을 때는 몰랐다. 떠나고 난 뒤에야 그것이 사랑인 줄 알았다. 난 그랬다. 난 항상 뒤늦게 느낀다. 언제나 지난 뒤에 후회해보지만 되돌릴 수 있는 것은 아무것도 없다.

아아, 하필이면 나는 당신을 보내고 나서야 알 수 있었지. 내가 얼마나 당신을 사랑하고 있었는지, 단 하루도 당신 없이 살아낼 수 없다는 것을. 이젠 잊었겠지 했는데도 시시각각 더운 눈물로 다가오는 걸 보니 내가 당신을 사랑하긴 했었나 보다. 뜨겁게 사랑하긴 했었나 보다.

순수의 땅, 사막

사막을 꿈꾸어왔다. 한 번도 본 적 없는 사막을.

거칠고 황량한 땅, 온통 비어 있는 모래땅, 그리고 생명의 샘 오아시스……. 내가 사막에 대해 알고 있는 것은 그뿐이다. 그런데도 나는 사막과 매우 친숙하다. 잘 단장된 풍경보다 가꾸어지지 않아 거친, 그래서 남들의 발자국이 찍히지 않는 곳. 그런 곳들이 나를 자극한다.

머리엔 이글거리는 태양, 자신의 그림자 하나만을 끌고 정처 없이 배회하는 그곳은 쓸모없는 땅이 아니다. 버려진 땅은 더더욱 아니다. 꾸밈없는 순수와 깊디깊은 고독이 존재하는 그곳엔 시원의 자유가 있다. 거기 혼자 걸어보라. 여태껏 자신을 치장해왔던 것들이 얼마나 거추장스러운가. 그 쓸모없는 것들 때문에 우리는 얼마나 많은 시간을 허비해왔던가.

맨몸으로 걷다 지쳐 쓰러지면 당신을 일으켜주는 한 사람을 만날지도 모른다. 그때 당신은 그의 따스한 미소와 함께 이런 말을 듣게 될 것이다. 사막이 아름다운 건 어디엔가 우물이 숨어 있기 때문이야. 어서 일어나봐. 네 삶의 오아시스를 찾아가야지.

누구나 자신의 가슴속에 사막 하나쯤은 가질 일이다. 자신만의 빈터, 아무도 접근할 수 없는 그런 땅을 하나쯤 감추고 살 일이다.

살아 있음의 특권

원한다고 원하는 대로 되어주지 않는 것이 또한 세상의 일들이었다. 사실 그것들은 내가 희망하는 반대편에 서 있는 적이 더 많았다. 살아가기가 버겁고 살아 있다는 것이 짐스러울 때도 있었다. 세상에 나 있는 수많은 길 중에 내가 왜 이 길로 들어섰을까, 세상의 수많은 사람 중에 왜 그 사람을 택했을까, 믿었던 누군가가 내게서 등 돌리며 멀어져갈 때, 하필이면 내게 왜 이런 일이…… 하는 생각이 들 때마다 딱 그만 살고 싶은 심정이 되는 것이다.

하지만 말이다, 그 모든 건 내가 살아 있기 때문이라는 생각을 한번 해보자. 흔들리고 아프고 외로운 것조차 살아 있기 때문에 누릴 수 있는 특권이라고. 어제 세상을 떠난 사람에

겐 간절할 수밖에 없었던 그 시간을 나는 살고 있는 것이라고. 지금 만약 당신이 흔들리고 아프고 외롭다면 아아, 지금 내가 살아 있구나, 느껴보라. 그 느낌에 감사하라.

유서를 쓰는 심정으로, 그 절박한 심정으로 생을 살아간다면 어쩌면 우리는 한 순간도 소홀히 보낼 수는 없을 거야.

보이는 것과 진실

젊은 여인이 젖가슴을 훤히 드러내놓고 있고, 한 노인이 그 젖을 빨고 있는 그림이 네덜란드 국립미술관 입구에 걸려 있다. 실화를 바탕으로 바로크 미술의 거장 루벤스가 그린 '시몬과 페로'.

이 그림을 처음 본 사람들은 대개가 당황스러워한다. 딸 같은 여자와 놀아나는 노인의 부적절한 애정행각이라 생각하며, 어떻게 이런 포르노 같은 그림이 국립미술관에 걸려 있는지 불쾌해하기도 한다. 그러나 이 그림 앞에서 숙연해지고 눈물을 보이는 사람들도 있으니 바로 푸에르토리코의 국민들이다.

큰 젖가슴을 고스란히 내놓고 있는 여인은 노인의 딸이다. 주인공인 키몬은 노인임에도 불구하고 푸에르토리코의 자유와 독립을 위해 싸우다 수감되게 된다. 국왕은 그가 교수형에 처해질 때까지 아무런 음식도 주지 말라는 엄명을 내리게 되고, 그는 감옥에서 서서히 굶어 죽어갔다.

〈시몬과 페로〉 페테르 루벤스

마침내 죽음에 임박한 어느 밤, 아버지의 임종을 보기 위해
딸은 감옥에 들른다. 해산한 지 얼마 되지 않은 무거운 몸이
었다. 아버지를 본 순간 딸의 눈에는 핏발이 섰다. 물 한 모
금 못 먹고 퀭한 눈으로 죽어가고 있는 아버지 앞에서 딸이
주저할 것이 뭐 있겠는가. 딸은 얼른 가슴을 풀어 붙은 젖을
아버지 입에 물렸다.

눈에 보이는 것만으로 판단하고 비난하는 것은 섣부른 일이다. 남에게
속는 것보다 더 경계해야 할 일은 자신의 무지에 속는 것임에랴.

살아 있는 이유

오늘도 나는 연극을 했다. 거짓 웃음, 거짓의 말, 거짓 행동을 스스럼없이 꾸며내며 다른 사람의 대본을 마치 내 대본인양 외우고 다녔다. 내가 맡은 역할이 무엇인지도 모르면서, 그저 그 순간만 모면하려 적당히 둘러대는 데만 급급했다.

거울을 본다. 예전에 비해 참 많이 변했다는 건 단번에 느껴지지만 어떻게 변했는지는 나도 잘 모르겠다. 보이는 곳 말고 가슴 안쪽은 더더군다나. 분칠을 벗겨내고, 여기 저기 남아 있는 자국을 지워낸다고는 했지만 아직도 내 얼굴 어딘가에는 깜박 잊고 지우지 못한 분장의 찌꺼기가 남아 있을 것이다. 그 자국 그대로 나는 잠이 들 것이고, 눈을 뜨자마자 또 정신없이 집을 나설 것이다. 따지고보면 관객도 없는 텅 빈 무대에서 무엇을 잡자고 이리도 허우적거리는지…….

무덥던 여름이 지나고 가을이 성큼 다가왔다. 그러고 보면 계절은 한 치의 착오나 오차가 없다. 할 일이 다 끝났다 싶으면 다음 계절에 자리를 내주고 자신은 미련 없이 물러앉는 것이다.

낙엽을 떨어뜨리는 바람은 길거리에만 부는 것이 아니다. 우리네 공허한 마음에도 불어 닥친다. 내 마음속에 부는 바람은 누군가를, 혹은 무엇인가를 향한 갈망이 아닐까. 누군가를 그리워하고, 무엇인가를 갈망하고 있기에 내 안에 이는 흔들림.

결국 나는 길을 나선다. 가을 햇빛이 참 투명하다. 키 큰 측백나무 틈새로 맑게 내리쬐는 걸 고운 햇살. 그런데 왜 까닭 없이 눈물이 나는 것인지. 오래 하늘을 올려 보아서가 아니다. 살아가는 일이 슬퍼서도, 햇빛이 너무 눈부셔서도 아닌 그 어떤 가슴 뭉클함. 맑고 푸른 하늘을 차마 올려다 볼 수가 없는 것은 그동안 퇴색되고 더럽혀진 내 마음이 비칠까 두려웠기 때문이다.

나는, 한동안 나를 돌아보지 않았다. 바쁘게 살고 있다는 핑계로 하늘을, 주변의 풍경을 내 눈에 담으려 하지 않았다. 하늘은 변함없이 맑고 푸르지만 변한 것은 탐욕으로 가득찬 내 마음이었다. 남보다 뒤쳐지지 않으려고 애쓰다 보니 여유가 없었고, 여유가 없다 보니 초조했다. 갈수록 혼탁해져 가는 마음이 스스로 느껴져 답답할 때도 있었지만 그때뿐이었고, 남보다 더 빨리 가기 위해 기를 쓰고 달릴 뿐이었다.

나이를 먹는다는 것은 무엇일까? 그만큼 현실적으로 된다는 뜻일까? 현실적이라는 이야기는 또 무엇일까? 그만큼 세상의 숫자들을 잘 헤아린다는 뜻일까? 나이를 먹는다는 것은 결국 그런 꿈의 세계에서 한 발자국 두 발자국 걸어 나와 현실이라는 울타리 속에 갇힌다는 뜻에 다름 아닐 것이다.

어디를 쳐다봐도 무표정한 사람들의 얼굴, 싸늘한 콘크리트 벽, 연신 울려대는 핸드폰 소리. 가끔 내가 하는 일이 힘겨울 때가 있다. 살아 있다는 것이 짐스러울 때도 있다. 그럼에도 불구하고 나는 살아 있다. 나를 살고 싶지 않게 하는 것들이 수없이 널려 있지만 나는 아직 살아 있다. 왜 여태 죽지 않고 살아 있는 것일까?

이 가을날, 그 답을 찾아보길 권해본다. 나에게, 그리고 당신에게. 그래서 꼼꼼히 한 번 따져보기를. 내가 죽지 않고 반드시 살아 있어야 할 이유, 과연 그 대답이 얼마나 많으며 얼마나 정당한지…….

내가 살아 있어야 할 이유를 한 가지만이라도 제대로
밝혀낼 수 있다면 삶에 더 애착이 가지 않을까?

인이 박혔다

요즘, 나더러 독하다고 한다. 주변의 압박과 질타가 그리 심한데도 꿋꿋이 담배를 피운다고.

담배를 끊지 못하는 이유는 다른 데 있는 게 아니다. 담배를 피우지 않는 동안 끊임없이 떠오르는 담배에 대한 생각 때문이다. 인이 박혔다고들 말을 하지. 그렇게 인이 박혀 있는 한 나는 아마 죽는 순간까지 담배를 찾을 듯하다.

그대 또한 그렇게 내게 인이 박혀 있다. 그래서 내가 아무리 애를 써봐도 끊을 수 없다는 걸 안다. 잊으려고 하면 할수록 더욱 생각나는 그대. 그래서 그런지, 담배를 피울 때 그대가 더 떠오르더군.

> 잊으려고 하면 더욱 생각나는 사람이 있다. 멀리 떠나갈수록 더 가까이 다가오는 사람이 있다.

green22

첫눈

눈이 내린다.
올해 들어 처음 내리는 눈이다.
설레었다.

어느 해 겨울, 삼류영화관. 허술한 의자와 퀴퀴한 냄새 속에
서도 함께 있을 수 있다는 사실만으로도 감지덕지했던 나는
슬그머니 그녀의 손을 잡았다. 영화 속 이야기가 어떻게 흘러
가든 아무런 상관없었다. 우리의 사랑이 어떻게 흘러갈 것인
지만 궁금했고, 이 순간만큼은 좀 더 오래 지속되길 바랐다.

영화관을 나서는데 눈이 내리고 있었다. 첫눈이었기에 나는
얼른 그녀의 얼굴을 쳐다보았는데, 그녀는 눈보다 더 환한
웃음을 짓고 있었다. 그대여, 나는 저 첫눈처럼 너를 사랑할
것이다. 삼류영화를 보고 삼류시를 쓴다고 해서 내 사랑마저
삼류겠느냐.

너를 사랑하는 나의 마음은 세상의 어떤 자로도 잴 수 없는 크고 깊은 것이니, 저 첫눈처럼 내 한 몸 기꺼이 던져 순백의 세상으로 너를 사랑할 것이다.

그로부터 오랜 세월이 지났다. 그때 마음속으로 다짐했던 것은 추호도 거짓이 아니었지만 빛바랜 맹세가 되고 말았다. 창문을 열어 자꾸만 밖을 내다보는 것은 혹시나 네가 거기 서 있을 것 같은 느낌이 들어서였다. 그러나 너는 아무데도 없었다.

너를 잊고 있었다고 생각했다. 서랍 깊숙이 처박아놓은 색바랜 흑백사진처럼 너를 까맣게 잊고 있었노라고 믿고 있었다. 하지만 첫눈이 내리는 지금, 소복소복 내리는 눈처럼 너의 생각이 소록소록 떠오르는 것은 웬일일까. 거짓말처럼 너를 잊고 있었는데 첫눈이 내린 지금 또 거짓말처럼 네가 쌓이고 있다.

잊겠다는 것, 그것은 외려 내 마음에
그대를 더 쌓이게 하는 일이었어.

괜찮다는 가면

괜찮다니 잘됐네요.

그 거짓말로 자신을 지켜가길.

그렇게 우리

평생 가면을 쓰고 살아가요.

괜찮다, 라는 말에는 사실 괜찮지 않다, 라는 전제가 깔려 있
다. 대개의 경우, '괜찮다'는 이런 뜻일 것이다.

−지금은 견딜 만해.

−그때보단 많이 좋아졌어.

−아마도 참을 수 있을 것 같아.

괜찮다, 괜찮을 것이다. 그러니 걱정마라. 자신보다 상대를
위하는 마음이겠지만 어떨 땐 차라리 솔직히 말해줬으면, 하
는 때가 있는 것이다. 네가 괜찮다고 하면 나도 도리 없이 괜
찮다고 해야 할 판인데.
그런 가면을 쓰고 평생 살다보면 내 얼굴이 가면인지 가면이
내 얼굴인지. 그래도 다 괜찮겠지 뭐.

누군가 '괜찮아'라고 하면 그 사람을 물끄러미 쳐다보게 된다.
정말 괜찮은 것인지…….

목조계단

가끔은
내 삶이 삐걱거려도
괜찮다고 생각했다.

낡은 목조계단,
위태롭게 올라가고 있으나
부축해줄 누군가가
옆에 있다면.

내 삶이 비틀거릴 때
부축해줄 누군가가 옆에 있다면 참 다행이겠다.

나는 버린다고 했지만 결코 버려지지 않는 내 삶의 숨결 같은 것이여

YELLOW

사랑과의 동행

민들레 홀씨에게

세상엔 분명
너를 위해 마련해둔 자리가
있을 거야.

그 자리를 찾기 위해
너는 지금 날아가는 거야.

걱정 마.
두려워하지도 마.

세상이라는 무대

세상에는 두 부류의 사람들로 나뉘어져 있다. 끊임없이 노력하는 사람과 끊임없이 불평하는 사람들. 첫 번째 부류에 들수 있도록 노력해야 한다. 그곳은 경쟁이 덜 치열하니까.

마음에 들지 않는다고 세상이라는 무대를 바꿀 수는 없는 일이다. 따라서 무대를 바꿀 생각보다는 먼저 자신을 바꿀 생각부터 해야 한다. 주어진 대본에 문제가 있었다고 생각하지 말자. 오로지 충실하게 연기하지 못했던 자신에게 문제가 있었던 것 아니겠는가. 비중이 작은 배역이라고 탓하지도 말자. 아무리 사소한 역할이라도 열과 성을 다하는 배우에게 관객은 박수를 치게 마련이다.

얼굴을 바꿀 수는 없지만 표정은 바꿀 수가 있어.
날씨를 마음대로 할 수는 없지만 기분은 얼마든지 조절할 수가 있어.

참사랑의 모습

내가 어렸을 때 할머니가 돌아가셨다.

할머니는 시골의 어느 공원묘지에 묻혔다. 이듬해 나는 방학을 맞아 그 근처의 친척집에 가게 됐다. 우리가 탄 차가 할머니가 잠들어 계시는 묘지 입구를 지날 때였다. 할아버지와 나는 뒷좌석에 함께 앉아 있었는데, 할아버지는 아무도 안 보는 줄 아셨던지 창문에 얼굴을 대시고 우리들 눈에 띄지 않게 가만히 손을 흔드셨다.

그때 나는 사랑이 어떤 것인지를 처음 깨달았다.

사랑과의 동행

사랑 때문에 밤을 새워본 기억이 있는지.

그로 인해 설레고 가슴 떨리며, 그로 인해 세상의 종말까지
도 경험해본 적이 있는지. 몸서리치도록 사랑하다 함께 죽어
도 좋다 생각한 사람이 당신에겐 있는지.

사랑을 얻었지만 대신 나는 오래도록 슬퍼해야 했다. 사랑을
얻는다는 건 너를 가질 수 있는 게 아니었으므로. 너를 사랑
한다는 것은 어쩌면 너를 체념하고 보내는 것이었는지도 모
른다.

그동안 많은 시간이 지나갔다. 세월은 흘러가면서 왜 그냥
지나치지 않는가. 내 주변에 언제까지나 있어주리라 생각했
던 많은 것들이 이젠 뒷모습조차 보이지 않는다. 삶이란 그
런 것인가. 혼자 남아 쓸쓸함과 외로움에 익숙해지는 연습.

그런데 나는 왜 아직 널 붙잡고 놓아줄 수 없는 것인지. 세월
은 왜 그 기억마저 데려가지 않는 것인지…….

사랑했으므로 내 모든 것이 재만 남았더라도 사랑하지 않아
나무토막 그대로 있는 것보다는 낫다, 라고 생각한 적이 있
었다. 말이야 얼마나 그럴 듯한가. 장작이야 원래 때라고 있
는 것이니까. 하지만 정작 그 사람은 손만 쬐고 훌쩍 일어서
는 데야.
마음까지 데우지 못한 내 화력을 탓해야 한다고 수없이 다짐
해보았지만 그것은 또한 못내 억울한 일이었다. 언제까지 너
는 눈부시고 나는 눈물겨워야 하는가. 대체 어디까지 끌고
가야 하는지. 나는 버린다고 했지만 결코 버려지지 않는 내
삶의 숨결 같은 것이여.

어쩌면 나는, 나를 사랑하듯 너만을 사랑했던 것은 아니었을까. 그래서 네가 나를 사랑하지 않는 것을 못 견뎌했던 것은 아니었을까. 아마도 나는, 너를 사랑했다기보다 '사랑'이라는 허울만 사랑한 것인지도 모르겠다. 너를 향한 사랑이 깊어질수록 나 혼자 외롭고 고독했으니.

사랑 때문에 눈물을 흘려본 사람이라면 알고 있을 것이다. 사람 하나 벗어나는 일이 얼마나 힘겹고도 숨 막히는 일인지. 벗어나려 할수록 더욱더 옭아맨다는 사실을.

집착해봤자 가질 수 있는 것도 아니기에 사랑은 외롭다. 살아가면서 우리는 얼마나 더 많은 것들을 버려야 하는지. 하지만 나는 간절히 소망하지 않을 수 없다. 결국 마지막 남은 육체마저 버리는 날이 오겠지만 그때까지 사랑이 나와 동행해줄 것을. 내 삶의 황혼을 끝까지 지켜보다 가벼이 손 흔들어 줄 수 있는 이승의 마지막 인사이기를

가장 아름다운 선물

생일이었을 때, 가난한 연인으로부터 길가에 핀 한 송이의 들국화를 받은 여자가 눈물을 글썽거렸다.

"그 무엇보다 아름다운 꽃이었어요. 더욱 기뻤던 것은 그가 내 생일을 기억해주고 '사랑해' 하면서 부드럽게 안아준 일이었죠."

그녀에게 최대의 선물은 사랑하는 마음이었다. 사실 무엇을 선물하느냐는 중요한 게 아니다. 거기에 어떤 마음이 담겨 있는지만 중요할 뿐이다.

화려하고 값비싼 물건보다는 진심이 담긴 마음을 주라.
진실한 사랑을 주라.

처음 사랑

기억한다, 풀씨 하나가 떨어져 내 가슴을 온통 풀밭으로 만든 때를. 고등학교 2학년 무렵, 한 여자 애가 내 마음속에 들어왔고 그 풀씨는 내게 무성한 잡초만 자라게 할 뿐 결코 꽃 한 송이 피워내지 못했다.

그 무렵 나는 교회에 들어서기만 하면 그 애부터 찾았다. 한 번도 그 애와 길게 대화를 나눠본 적도 없으면서 마치 그 애가 나를 위해 그 자리에 있는 듯 착각에 빠진 것도 그즈음 나의 행복이었다. 단아한 교복 차림으로 피아노 앞에서 성가대 반주를 하고 있는 그 애의 옆모습을 훔쳐보느라 언제나 나는 찬송가를 제대로 부르지 못했다. 엄숙해야 할 기도시간마저도 눈을 뜨고 있었다. 그때 내 간절한 소망은, 기도가 길어져 더 오래 그 애의 모습을 훔쳐보는 것이었으므로.

그랬다. 그 애는 항상 내가 볼 수 있는 거리에 있으면서도 잡히지 않는 그림자 같았다. 그 애의 눈길은 늘 다른 곳에 머물러 있었기에. 성가대 지휘를 맡고 있는 김 전도사님을 쳐다볼 때의 그 애 눈길이 예사롭지 않다는 걸 다른 사람은 몰라도 나는 알 수 있었다. 가끔 교회 벤치에 그 두 사람이 앉아있는 모습을 볼 때면 태연하려 애썼지만 그럴수록 더 큰 슬픔이 밀려와 내 가슴에 아픈 흔적을 남겼다.

그러던 어느 날, 그 애의 집 근처에서 서성이던 내가 그 두 사람을 보게 된 것은 밤이 깊은 시각이었다. 집까지 바래다준 김 전도사님에게 그 애는 살며시 안겼고, 길모퉁이에 숨어 그 모습을 지켜보던 나는 고개를 돌릴 수밖에 없었다. 마침 그때 눈이 내렸고, 눈은 예리한 칼날보다 더 아프게 내 가슴을 파고들었다.

그해 겨울은 유난히 춥고 외로웠다. 줄곧 그 애 곁을 맴돌면서도 한 걸음도 다가서지 못했던, 그 애에게 다가서지도 못했기에 그 애를 원망할 수도 없었던 나에겐 참으로 혹독한 겨울이었던 셈이다. 실연이 예정되어 있는 짝사랑으로 십대의 후반을 나는 그렇게 보냈다.

비록 이룰 수는 없었지만 누군가를 사랑할 수 있었고, 또 그로 인해
아파할 수 있는 시절이 있었다는 건 행복한 일이다.
그런 쓰라림 없이 오늘의 내가 어찌 있을 수 있었겠는가.

슬픔의 씨앗

애초에 지상엔 어둠뿐이었다.

거기에 빛이 생기고 한 남자가 생기고 그 남자의 갈비뼈에서 한 여자가 생기면서부터 슬픔은 잉태되기 시작했다. 하늘과 땅, 빛과 어둠 등 다른 모든 것은 다 갈라놓은 애초의 뜻 그 대로였는데 유독 인간, 그러니까 남자와 여자만은 끊임없이 하나가 되고 싶어 했으니까.

조물주의 뜻을 거스르고 원래의 자리를 되찾고 싶어 했던 그 들, 그것이 바로 슬픔의 원천이었다. 왜 조물주는 그 씨앗을 이 땅에 퍼뜨려놓았을까?

남자와 여자, 비록 둘로 나뉘어져 있지만 원래는 하나였다. 이 땅에서 하나가 되기 위해서는 '희생'과 '헌신'이라는 아교가 필요하다. 만일 그 아교로 하나가 되기만 한다면 애초 하나였을 때보다 더 아름답고 강하다.

간밤에 지독히 슬픈 꿈을 꾸었어. 깨어나 보니 더 슬펐지,
그대가 곁에 없다는 현실 때문에.

한번 붙어보자

내 인생의 어느 모퉁이에선가 어김없이 나타나는 불행들. 조심한다고 했지만, 내 딴엔 요리조리 피해 다녀봤지만 어느 순간 복병처럼 불쑥 튀어나와 내 다리를 걸고 만다. 이제 넘어져 울고 있을 때는 지났는데, 내 손을 잡아 일으켜줄 사람 아무도 없는데…….

그래. 이제 나는 정직하게 받아들일 것이다. 피할 수 없다면 내 몫의 불행을 정면으로 받아들이는 수밖에. 나가떨어지는 것을 두려워하지 말고 한번 맞붙어 보자는 것이지, 용감하게.

싸움은 말이야,
내가 떨지 않고 당당하게 나설 때 상대방은 움츠러드는 법이지.

세상의 모퉁이에 주저앉아
고개 숙이고 있는 그대에게

삶이 때때로 힘겹다고 느껴지는가?
혹시, 운명이란 것에 희롱당하고 있다는 느낌이 드는가?

살아가면서 우리는 많은 실패를 경험한다. 사랑에 대해서도 그랬을 것이고, 일에 대해서도 그랬을 것이다. 다른 사람보다 그 사람을 덜 사랑해서도 아니었을 것이고, 또 열심히 일을 하지 않아서도 아니었을 것이다. 자신의 노력과는 상관없이 운이 맞지 않아서, 혹은 세상이 만들어놓은 틀과 맞지 않아서 실패한 경우도 더러는 있을 것이다. 그런 때 당신은 어떻게 하는지? 그저 주저앉아 한숨만 쉬고 있는가?

시냇가에 나가보면 매끄러운 조약돌이 많이 있다. 그 예쁘고 고운 조약돌도 처음에는 거친 돌멩이였을 것이다. 거친 돌멩이가 매끄러운 조약돌이 되기까지는 거센 물살에 깎이고 시달려야 하는 과정이 필수적으로 뒤따른다. 그러한 시련과 각고의 노력이 있은 후에야 비로소 예쁜 조약돌이 될 수 있었다는 걸 생각하면 인생에 있어 약간의 실패는 나중에 올 더 큰 기쁨을 위한 준비과정이라고 해도 무방하다. 실패를 딛고 일어나 다시금 도전하는 자세, 즉 실패를 극복하고자 하는 자신의 의지에 따라 삶의 모양새는 결정되어진다는 것을.

행복이라는 나무가 뿌리를 내리는 곳은 결코 비옥한 땅이 아니다. 오히려, 절망과 좌절이라는 돌멩이로 뒤덮인 황무지일 수도 있다. 한 번쯤 절망에 빠져보지 않고서, 한 번쯤 좌절을 겪어보지 않고서 우리가 어찌 행복의 진정한 값을 알 수 있을까?

절망과 좌절이라는 것은 우리가 참된 행복을 이루기 위한 준비과정일 뿐이다. 따라서 지금 절망스럽다고 실의에 잠겨 있는 것은 어리석은 일이다. 지금 잠깐 좌절을 겪었다고 해서 한숨만 내쉬고 있는 것은 더욱 어리석은 일이다. 더 큰 행복, 참된 행복을 위해서라면 그 정도는 반드시 거쳐야 할 과정이 아니겠는가.

오랫동안 여행을 하다 주린 배를 안고 허름한 여관에 든 두 사내가 있었다. 그들에게는 남은 돈이 얼마 되지 않았다. 그런데 그 방에 맛있는 과일이 가득 담긴 바구니가 천장에 매달려 있는 게 아닌가. 바구니 밑에는 '꺼낼 수 있는 분만 드세요'라는 쪽지가 매달려 있었다.
"너무 높아서 꺼낼 수가 없겠군."
한 사내는 실망스럽다는 듯 말했지만 다른 사내는 달랐다.

"너무 높긴 하지만 누군가 저기에 매달았기 때문에 저기 있는 게 아니겠어? 그러니 나도 분명 저기까지 올라갈 수 있을 거야."
그리고 사내는 그 집의 담에 기대어 있던 사다리를 가져다가 과일을 꺼내 맛있게 먹었다.

맛있는 과일을 눈앞에 두고서 두 사람이 취한 행동은 각기 달랐다. 한 사내는 미리 겁을 먹고 포기했지만 또 다른 사내는 '할 수 있다'라는 희망의 자세로 대했기에 과일을 먹을 수 있었다. 그 바구니에 과일이 아니라 우리 인생의 중요한 그 무엇이 담겨져 있다면 과연 당신은 어떻게 하겠는가?

우리 인생은 작은 것들이 모여 이루어진다. 아무리 사소한 일이라 할지라도 해보기도 전에 미리부터 포기하고 절망하는 것은 우리의 삶을 궁핍하게 만든다. 설령 그것이 안 되는 일일지라도 해본 다음에 포기하는 것이 더 낫지 않을까?

'나는 할 수 있다, 나는 그렇게 해야만 한다'라는 자기 다짐과 굳은 결심은 때로 훌륭한 성과를 이루게 해준다. 비록 목적지까지 닿지 못한다 하더라도 그 목적지를 향해 열심히 달려가야 하는 것, 그것이 바로 우리가 살아가는 의미고 이유일 것이다.

문제가 없는 사람이 있다면 공동묘지에 누워 있는 사람들뿐이다.
좌절 또한 누구나 겪는다. 중요한 것은, 그 절망의 시간이
오래가지 않도록 몸과 마음을 추스르는 일이다.

노동과 놀이

대학 시절 마르쿠제가 쓴 책을 읽었는데, 요즘 다시 읽어보기 시작했다. 솔직히 그때는 어려웠지만 살아온 경험 탓인지 지금은 이해가 되면서 읽어가는 재미가 쏠쏠했다.

마르쿠제는 '노동 속에서 유토피아를 찾아야 한다. 노동 이외의 것에서 유토피아를 찾지 마라'고 일렀다. 노동은 다분히 고통스럽지만 그 노동 속에 유토피아가 존재한다는 이야기였다.

나를 돌아보게 되었다. 내게 주어진 일을 나는 과연 어떻게 생각하는지. 나는 과연 그 속에서 유토피아를 찾고 있었는지. 고개를 흔들게 된다. 일이란 내게 그저 먹고 사는 방편이었고, 해야 하니까 했을 뿐이었다. 유토피아는 대충 일을 마친 뒤 술집이나 당구장, 혹은 클럽 같은 곳에 있다고 생각했다.

마르쿠제의 그 말에 공감한다. 욕구를 억제하면서 하는 노동이야말로 욕구를 만족시킬 수 있다는 것에. 일 속에 파묻혀 자신의 능력을 발견하는 데 더 큰 기쁨이 있다는 것에. 그러면 노동도 기꺼이 놀이가 될 수 있다는 것에.

꽃의 향기를 맡기 위해 몸을 낮게 기울이는 것은
실제로 그리 어려운 일이 아니다.

한 뼘

달빛도 아까워 손을 뻗는 담쟁이넝쿨. 허공을 더듬어 길을 내고, 손닿는 어느 곳이라도 붙잡아 악착같이 매달려 있는 것은 그 자체가 부여안고 가야 할 자신의 삶이기 때문이다. 그래봤자 한 뼘도 안 되는 거리를 죽을힘을 다해 기어오르는 그 넝쿨을 보며 나는 착잡했다. 지금의 나는 한 발이라도 가고 있는가, 해서.

그렇게 해서 어디에 닿는가 하는 것은 별로 문제될 듯싶지 않다. 가고 있다는 자세가 중요하니까. 사랑하는 대상에게나 삶의 목표에 닿기 위해 우리는 과연 어떤 노력을 하고 있는가?

무심이라는 것

무심한 당신이 내게 따졌다,
어쩌면 그리 무심하냐고.

글쎄, 그러면 좋겠는데.
당신에게 무심할 수 있는 것
그건 내가 가장 바라던 일인데.

정작 당신은,
자신을 잊어달라고 했던 걸
까맣게 잊었구나.

꽃잎의 사랑

나는 몰랐었다. 당신이 다가와 터뜨려주기 전까지는 꽃잎 하나도 열지 못한다는 것을. 그대가 다가오기 전까지는 봉오리조차 맺을 수 없고, 그대가 터뜨려주기 전까지는 꽃잎 하나 열 수 없다는 것을.

또한 나는 몰랐었다. 당신이 가져가기 전까지 내게 있던 건 사랑이 아니었다는 것을. 내 안에 있어서는 사랑도 사랑이 아니었다는 것을. 당신이 와서야 비로소 만개할 수 있는 것, 주지 못해 고통스러운 그것이 바로 사랑이라는 것을.

그대를 영원히 간직하면 좋겠다는 바람은 사랑이 아니라 집착인지도 몰라. 그대를 사랑한다는 그 마음까지 버려야 비로소 영원히 사랑할 수 있어. 사랑은 그대를 내게 묶어두는 것이 아니라 훌훌 털어버리는 것이라는 것을. 꽃잎이 아름다운 것은, 자신을 통해 씨앗을 잉태하는, 그리하여 씨앗이 영글면 훌훌 자신을 털어버리기 때문이거든.

나 혼자 피울 수 없는 꽃. 나한테만 있고 당신이 가져가지 않으면 아무런 의미가 없는 것, 내 안에 있어 오히려 고통스러운 그것이 바로 사랑이다.

동행

같이 걸어줄 누군가가 있다는 것, 그것처럼 우리 삶에 따스한 것은 없다. 돌이켜보면, 나는 늘 혼자였다. 사람들은 많았지만 정작 중요한 순간에는 언제나 혼자였다. 그래, 산다는 건 결국 내 곁에 아무도 없다는 것을 확인하는 일이다. 비틀거리고 더듬거리더라도 혼자서 걸어가야 하는 길임을.

삶이란 것은, 어쩌면 외로움과 동행인 듯싶다. 그러기에 우리는 더 간절히 소망하는지도 모른다, 함께 걸어줄 누군가를.

같이 걸어줄 누군가가 있다는 것,
그것처럼 내 삶에 절실한 것은 없다.

yellow15

손톱을 깎으며

쓸데없는 것일수록 빨리 자라나 봐. 어느새 길게 자란 손톱을 깎으며 나는 또 너를 떠올렸어. 어쩌면 너는, 웃자란 손톱처럼 내 사랑을 불편해했던 것은 아니었을까. 꼭 필요한 만큼만 원하는 너에게 내 사랑이 너무 부담스러웠던 것은 아닐까.

넘치는 것이 반드시 좋은 것은 아닌가 봐. 화분에 너무 물을 많이 줘도 그 화초는 말라 죽듯 때로 지나친 사랑은 상대를 버겁게도 하는 모양이야. 내 사랑도 이 손톱처럼 깎을 수만 있다면 얼마나 좋을까만 아직 나는 그 방법을 알지 못해. 퍼낼수록 더욱 차오르는, 짓눌러봤자 더 철철 넘쳐나는 이 감당할 길 없는 사랑을.

보여줄 수 없는 사랑

하늘을 보았다고 정말 하늘을 다 본 것일까? 하늘의 끝, 그 너머까지 다 보았다고 할 수 있을까? 바다를 보았다고 정말 바다를 다 본 것일까? 그 깊디깊은 속까지 다 보았다고 할 수 있을까?

아닐 것이다. 보이는 게 전부가 아니고 또한 눈으로 보이는 부분보다 보이지 않는 부분이 더 소중할 수도 있으니.

사랑 또한 그럴 것이다. 내가 보여주는 것이 아니라 네가 느껴야 하는 것이므로. 왜 보여주지 않느냐고, 정말 사랑하긴 하느냐고 매번 툴툴대고 투정부리는 사람은 조용히 눈을 감고 마음의 눈을 떠볼 일이다. 차마 다 보여주지 못하는 그 마음이 보일 수 있도록.

그러므로 사랑은 눈으로 확인하는 게 아니다. 눈을 뜨고 보는 게 아니다. 지금 당장 눈을 감았을 때 떠오르는 한 사람이 없다면 그건 아마도 사랑이 아닐 것이다. 사랑이라는 이름의 탈을 쓴 다른 욕망일 뿐이다.

그대가 보고 느끼는 것보다 내 사랑은 훨씬 더 크고 깊나니,
내 깊은 속마음까지 다 보지 못하고 그대 나를 안다고 함부로 판단치 마라.
내 사랑 작다고 툴툴대지 마라. 보이는 게 전부가 아니니.

기다리는 이유

오늘 하루가 또 가고 있어.

얼마만큼 기다려야 네가 올 수 있을는지 알 수 없는 일이지
만 너를 만날 수 있다는 기대감은 나를 절로 행복하게 만들
어. 때때로 그런 행복감이 절망감으로 바뀔 수도 있지만 그
리워하며 기다리는 대상이 있다는 것은 분명 행복한 일이야.

그래, 오랜 기다림 속에서도 지치지 않을 수 있는 까닭은 바
로 너를 기다리기 때문이야. 너를 사랑하는 마음이 하나도
가시지 않았기 때문이야.

지키지 못할 약속이라도 나는 무척 설레었던 것을.
산다는 것은 이렇게 슬픔을 녹여가는 것이구나.

기다린다는 것은

산다는 것은 끊임없이 무엇인가를 기다린다는 것이 아닐까.
기다린다는 것은 또한 곁에 있건 없건 그 대상에게서 눈을
떼지 않겠다는 뜻이리라. 해가 뜨고 지길 기다리고, 일의 결
과를 기다리고, 사람을 기다리다가 끝내는 죽음마저 기다리
는. 그리하여 기다리는 그 순간이 모여 우리 삶이 되듯.

무엇을 기다린다는 것은 삶이 희망으로 가득 차 있다는 뜻이
다. 앞으로 다가올 날들과 그리고 만나야 할 수많은 사람들
의 얼굴을 가슴 속에 품고 있는 한 우리는 결코 외롭지 않다.
내일 지구의 종말이 온다고 해도 오늘은 한 그루의 사과나무
를 심겠다는 넉넉한 기다림의 자세야말로 각박한 세상을 살
아가는 데 있어 더없이 큰 재산이 아닐까?

우리가 기다림의 끈을 놓지 않는다면 기다리는 것은 반드시 오리라 믿는다. 그러나 올 시간이 되었는데도 기다리는 것이 오지 않을 때에도 실망할 필요는 없을 듯싶다. 왜냐하면 기다림을 갖고 있었다는 것 하나만으로도 우리는 충분히 아름다운 삶을 살았기 때문이다.

그중에서도 내 가장 소중한 기다림, 그대여.
내 인생의 역에 기차가 들어와 서고,
그대가 손을 흔들며 플랫폼으로 내려설 그 눈부신 순간을 기다리네.

청춘이란, 나이가 아니라
마음가짐을 이야기하는 것

어느 자원봉사 모임에 칠순의 노인 한 분이 신청을 해왔다. 그 노인은 나이 따위는 까맣게 잊은 채 젊은 사람들 틈에 끼어, 그들과 함께 어울려 봉사하는 일이 마냥 즐겁기만 한 것 같았다. 누구보다도 성실했고, 더욱이 여태껏 살아온 삶의 지혜로 많은 문제들을 손쉽게 해결했으므로 사람들은 자연스레 그를 따르고 존경하게 되었다.

그런데 어느 날인가부터 그의 모습이 보이지 않았다. 궁금해진 사람들이 수소문 끝에 그의 집으로 찾아갔을 때 그는 이미 이 세상을 떠난 뒤였다. 가족들이 일러준 말에 의하면, 그는 의사로부터 죽음을 선고받은 상태였고, 온갖 만류에도 불구하고 봉사활동을 하다가 생애를 마쳤다는 것이다.

죽음을 목전에 둔 채 살아야 하는 삶, 그런 상황이라면 대부분의 사람들은 모든 것을 포기하고 절망 속에서 인생을 마치게 마련이다. 하지만 그는 오히려 더욱 열심히 살아 자신의 생애에서 가장 보람 있는 몇 달을 보냈다. 죽음에 결코 굴복하지 않고 그 두려움을 이겨냈던 것이다.

운명은 하늘이 아니라 스스로에 의해 결정된다.
삶의 모양새는 오로지 자신의 선택과 의지에 의해 그려진다.

사진이 되어도 좋을 삶의 풍경들

사진작가들은 예쁘고 아름다운 사진만 찍으려고 하지 않는다. 땀에 젖은 아버지와 피곤에 지친 어머니, 시장 바닥에 좌판을 벌여놓고 나물 쪼가리를 파는 할머니, 햇볕에 그을린 등판으로 막일을 하는 인부들, 세찬 바다와 싸우는 어부들의 모습을 담기 위해 애를 쓴다. 이 모든 것들이 얼마나 좋은 재료인지, 사진이 되어도 좋은 그 삶은 그만큼 의미롭고 아름답기에.

이 땅의 산과 들, 하늘과 바다. 그리고 우리 주변의 이웃들, 하다못해 골목 구석에 나 있는 풀 한 포기라도 소중하지 않은 것이 없을 것이다. 그런 마음으로 길가의 나무들도, 먼 산도, 개울물도 바라봐야 한다. 그리하여 사진을 찍을 때 잘 찍겠다는 생각보다 먼저 소중하게 생각하는 마음이 있어야 한다. 주변의 삶에 깊은 애정을 갖지 않고 찍는 사진은 그냥 예쁜 사진일 뿐이지 감동을 줄 수 없으니. 그런 마음가짐이라면 누구나 좋은 사진을 찍을 수 있을 것이고 누구나 좋은 삶을 살아나갈 수 있을 것이다.

행복은 느끼는 자의 것

아침이었어. 무심코 올려다본 하늘이 너무 파랬고, 거기 부서질 듯 햇살이 쏟아지고 있었지. 모든 잡념과 상념이 이 맑고 깨끗한 햇살에 다 녹아 없어질 것 같은 느낌, 무언가 좋은 일이 생길 것 같은 예감이 들었어.

그래, 이건 행복의 시작이야. 그리고 앞으로 더 많은 행복이 내게 오겠지. 하지만 그런 일은 결코 일어나지 않았어. 그건 행복의 시작이 아니었어. 바로 그 순간이 행복 그 자체였던 거야.

'행복'이라는 단어를 말로 설명하기는 참 어렵다. 그러나 이 세상의 어느 누구도 '행복하다'는 그 감미롭고 편안한 느낌을 모르는 사람은 없을 것이다.

철학자 아랑의 『행복론』을 보면 재미있는 이야기가 나온다. 아이가 갑자기 까무러칠 듯 운다. 당연히 아이의 부모가 약을 먹이고 의사를 부르며 야단법석을 떨고 있는데 아기의 울음소리를 듣고는 이웃집에서 할머니가 왔다.

그 할머니는 아기의 여기저기를 살피고는 작은 바늘이 하나 옷에 꽂혀 있는 것을 발견했다. 그 바늘을 빼내자 아기가 울음을 뚝 그치고는 방글방글 웃기 시작했다.

어느 날 밤, 나는 앞을 못 보는 수양딸 젤트류드를 음악회에 데리고 갔다. 곡목은 마침 '전원교향악'이었다. 내가 '마침'이란 표현을 쓴 것은 그것 이상 그녀에게 들려주고 싶은 곡이 없었기 때문이었다.

연주회가 끝나고, 극장을 나선 이후에도 그녀의 상기된 얼굴은 가라앉지 않았다. 그녀는 몹시 궁금한 듯 물어왔다.

"세상은 정말 그런가요? 음악에 나오는 저 실개천가의 경치…… 정말 그것처럼 아름답고 황홀하나요?"

그러나 나는 바로 대답할 수 없었다. 그 음악은, 있는 그대로의 세계를 그린 것이 아니라 인간의 세상에서 죄악이 사라지면 그러할 것이라는 상상 속에서 만들어진 곡이었기 때문이었다. 더욱이 그때까지 그녀는 죄나 악에 대해서는 자세히 모르고 있었다.

나는 한숨을 내쉬었다.

"아쉽게도, 눈 뜬 자는 보는 행복이 뭔지 잊고 있어."

그러자 그녀의 조용한 목소리가 들려왔다.

"그러나 앞 못 보는 나는 듣는 행복을 알고 있는걸요."

행복은 크고 위대한 데서만 오는 것은 아닐 것이다. 어쩌면 작고도
평범한 데서 더 많이 느낄 수 있는 것은 아닐까. 다만 그것을 느끼고자
하는 마음의 문을 얼마나 열어 놓았느냐 하는 것이 문제일 뿐.

사랑의 화상

어여쁜 소녀가 있었다. 그런데 그녀의 어머니는 심한 화상으로 인해 사람들이 가까이 가기 싫어할 만큼 보기 흉한 얼굴이었다.

소녀는 자기 방에 틀어박혀 있는 때가 많았다. 친구들이 어머니를 흉보는 소리를 들은 이후부터였다. 소녀의 어머니가 그 사실을 모를 리 없었다. 어머니는 딸에게 자신이 그렇게 된 이야기를 들려줬다.

그것은 소녀가 갓난아기일 때의 일이었다. 밤이었다. 문득 잠을 깼을 때는 사나운 불길이 온통 집을 에워싼 위험한 순간이었다. 잠시도 견딜 수 없는 뜨거운 불길이었지만 어머니는 잠든 아기를 온몸으로 감싸며 화염 속을 빠져나왔다. 자신의 온몸이 불에 데는 것은 아랑곳 하지 않고.

소녀는 어머니의 이야기를 들으며 하염없이 눈물을 흘렸다. 자신이 이렇게 어여쁜 모습을 간직할 수 있었던 것은 순전히 어머니의 희생 덕분이었다.

그 후부터 소녀는 친구들이 아무리 놀려도 오히려 어머니의 얼굴을 자랑스럽게 생각하게 되었다.

허수아비
–딸에게

아빠는 그렇습니다.
다정한 말 한 마디 건네지 못하지만
늘 네 주변에서 서성거리고 있다는 거.

아빠는 그렇습니다.
행여 네가 짊어진 삶의 짐이 무겁지나 않을까
늘 마음 조이며 바라보고 있다는 거.

아빠는 또 그렇습니다.
해준 게 너무 없고 해줄 게 너무 없어
그렁한 눈으로 지켜보다
끝내 고개 떨군다는 것을.

아빠는 정말 그렇습니다.

세상의 험로 앞에 서 있는 너의 길이

평탄하며 순조롭기만을 바란다는 것을.

늘 기도하며 서 있다는 것을.

장작불

타오를 건 타올라야지.
내 마음의 장작불

사랑

용기

희망

그리고

삶에 대한 열정들.

연기만 무성하지 않으려면 뜨겁게 타올라야 한다.
타다만 장작더미로 남지는 말자.

나는 언제 내 모든 것을 바쳐 너에게 당도하려 했던 적 있었던가

줄 수 있을 때

아직도 연필을 쓰는 어른 여자에게

어제, 연필을 쓴다고 핀잔을 줘서 미안해.
혹시 그 일로 속상하진 않았니?

연필을 쓰는 사람은 대체로 여리기 마련이야.
자신의 주장을 남에게 끝까지 내세우지 못하지.
썼다가 슬그머니 지우고 마는 연필글씨처럼.

세상 살다보면 때로
너무 여려서 손해 보는 일이 많단다.
그게 걱정돼서 한 말이니
맘에 두진 마.

blue02

책이라는 나무의자

겁이 더럭 날 때가 있다. 요즘 너무나 빨라서. 주변을 둘러보면 빠르게 달려가는 것들 일색인데 나만 뒤쳐지는 게 아닌가 싶어서.

그런데 반갑게도 조금 느리게 가도 괜찮다고 하는 것이 있다. 바로 책이다. 책은 일러준다. 책장을 빠르게 넘기면 빠뜨리는 것이 많듯 우리 인생도 급하게 가다가는 놓치는 것이 많을 것이라고. 급하게만 갈 것이 아니라 가끔은 멈춰 서서 자신이 걸어온 길, 그리고 자신의 주변을 살펴봐야 한다고.

책 속에 담겨 있는 무수한 삶의 여정들, 그리고 삶의 지혜는 급한 데 길들여져 있고, 빠르지 않으면 참지 못하는 청소년이나 젊은 청춘들에게 더욱 필요할 듯 싶다. 앞으로의 인생을 살아가는 데 있어 그만한 선생님과 친구는 없을 테니까.

이 급박한 세상에서 가끔은 멈추어 서게 할,
그리하여 자신을 둘러보고 더 나은 미래를 그려보게 할
사색과 성찰의 나무의자엔 자주 앉을수록 좋다.

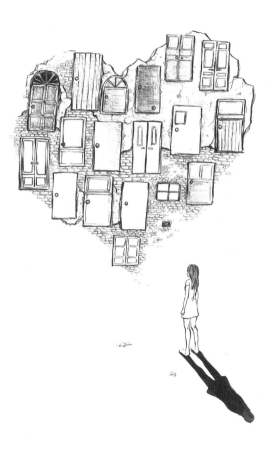

시인과 책

고등학교 다닐 때부터 나는 본격적으로 글을 쓰기 시작했다. 여기서 본격적이라고 표현을 한 것은 학교공부는 아예 때려치웠기 때문이다. 그 무렵, 수업을 마치면 내가 어김없이 들린 곳이 바로 헌책방이었다. 용돈이 모자라던 시절, 새 책은 당연히 살 수 없었고 헌책방을 돌아다니며 맘에 드는 책을 사곤 했다.

대학 다닐 때도 마찬가지였다. 타지에서 학교를 다니면서 생활비가 턱없이 모자랐지만 나는 꼭 책부터 사곤 했다. 도서관에서 빌릴 수도 있었지만 나는 책만큼은 꼭 내 방에 쌓아두어야 직성이 풀렸다. 내 영혼의 방을 채우듯 한 권 두 권 쌓여가는 책을 보는 그 기쁨이란…….

우리 동네 사람들은 내 정체를 몹시 궁금해한다. 출퇴근하는 것 같지도 않고, 그렇다고 매양 노는 것 같지도 않아 보여서. 나의 직업이 작가고 시인인 것을 동네 사람들은 까맣게 모른다. 몇몇 분들은 비슷하게 추측하기도 하지만 나는 내 입으로 시인인 것을 절대 밝히지 않았다. 시 쓰는 게 무슨 대단한 일이라고.

시인인 한 친구는, 말이나 행동을 어찌나 얌전하고 고상하게 하던지 나는 그 친구만 보면 주먹이 부르르 떨린다. 쥐어박고 싶어서. 한 번은 여성들이 많은 자리에서 아니나 다를까 고상함이 하늘을 찌르기에 기어코 녀석의 뒤통수를 내 주먹이 강타하고 말았다. 녀석과 사람들이 놀라서 쳐다보는 통에 나는 점잖게 한 마디 했다.

"니만 시인이냐? 나도 시인이다."

이후로 녀석은 나만 보면 입을 다물거나 자리를 슬쩍 피한다.

『햄버거에 대한 명상』 외에도 유명 저서가 많은 친구 장정일은 자신도 시인이면서 시인을 '쉬인'이라고 부른다. 갓 지은 따뜻한 밥 말고 쉰 밥 할 때 그 쉬인 말이다. 요즘 시인은 한물갔다, 뭐 그런 뜻이겠지.

부인하지 않겠다. 요즘 시인은 한물이 아니라 여러 물 다 갔다. 시가 사람들과 멀어졌기 때문이다. 그 명백한 증거가 시집이 예전보다 턱도 없이 팔리지 않고 있다는 사실이다. 때문에 예전에 있던 시집코너가 서점가에선 사라진 지 오래고, 그래서 출판사는 선뜻 시집을 출간하려 하지 않는 게 최근의 실정이다.

우리 동네 사람들 중 딱 한 사람 나의 정체를 안다. 바로, 마트 계산대에 있는 아가씨다. 그녀는 별로 친절하진 않지만 내가 물건을 계산하고 나올 때면 꼭 무언가 내 손에 쥐어준다. 사탕, 껌, 어떨 때는 떡도 건네주는데 참 이게 기분이 묘

하다. 나를 연모해서 그러는 것 같지는 않고 도대체 영문을 알 수가 없었다. 나중에 알고 보니 그녀가 내 책을 읽은 거였다. 얼마나 낯이 화끈거리던지. 그 다음부턴 머리도 좀 단정히 빗고, 츄리닝 대신 옷도 좀 갖춰 입고 마트에 간다.

그녀가 보기에 내가 좀 불쌍하게 보였을까? 껌이나 사탕을 주게. 물론 그녀의 성의와 호의를 왜곡할 뜻은 전혀 없다. 그래도 조금은 슬펐다. 시인은 가난하다는 사람들의 인식이. 실제로 가난한 우리나라 시인들이.

시인들이 부자가 되기를 바란다는 이야기는 결코 아니다. 너무 가난해서는 안 된다는 게 내 생각이다. 굳이 이유를 들진 않겠다. 인터넷이나 다른 매체를 이용하는 것도 좋지만 가능하다면 커피 한 잔 값 아껴서 시집을 사보는 것을 권한다. 그것이 시인들에게 적지 않은 도움과 의욕을 불러일으키는 일이고, 또한 자신의 영혼의 방을 풍족하게 채워가는 일이기에.

영혼의 허기를 채워줄 한 권의 시집.

사랑의 힘

산책을 갔다 돌아오는 길이었다.

앞장서 가던 개가 무슨 냄새라도 맡았는지 후다닥 수풀로 뛰어갔다. 수풀 사이 한 마리의 참새가 눈에 띄었다. 새 집에서 떨어진 참새 새끼였는데, 솜털이 보송보송한 그 새끼는 어쩔 줄 모르고 푸드득거리기만 했다. 그때였다. 근처 나뭇가지로부터 어미처럼 보이는 참새가 개의 콧등 으로 돌진해 날아왔다. 새끼를 구하기 위해 온몸을 던져 미친 듯이 덤벼드는 어미 새 앞에 개는 뒷걸음질을 칠 수 밖에 없었다.

나는 얼른 개의 목줄을 잡아당겼다. 그리곤 경건한 그 무엇 을 가슴에 품고 그곳을 떠났다.

구두를 닦아줍니다

미국의 한 도시에서 조지 워싱턴의 업적을 기념하는 기념관
을 짓게 되었다.

톰은 그 도시의 구두닦이 흑인 소년이었다. 앞으로 건립될
기념관 부지 앞에서 구두를 닦는 톰은, 기념관을 짓기 시작
할 때부터 완공될 때까지 그 자리를 떠난 적이 없었다.

마침내 완공 기념식이 열리는 날이 되었다. 시민들이 기념식
에 참석하기 위해 정장차림으로 기념관에 들어서고 있었다.

톰도 이 뜻깊은 행사에 참석하기 위해 구두를 닦던 손을 털
고 행사장 안으로 들어가려 했다. 그러나 문을 지키고 있던
사람이 톰을 들어가지 못하게 막아섰다.

슬퍼진 톰은 계단에 쪼그리고 앉아 울고 있었다. 그때 한 노
인이 톰의 어깨를 두드리며 물었다.

"얘야, 왜 울고 있니?"

"저 안으로 들어가지 못하게 해요. 저도 성의껏 기부금을 냈는데…….."

그러자 노인이 미소를 지었다.

"괜찮단다. 내가 바로 조지 워싱턴이라는 할아버지인데 나도 저 안으로 못 들어가고 있어."

자, 구두를 벗어주세요. 나는 구두닦이 소년이랍니다.
당신의 온갖 더러움을 닦아줄 테니 어서 구두를 벗어주세요.

선택

한 남자를 사랑하는 두 여자가 있었다.

한 여자는 소문난 미인이었고, 다른 여자는 그저 수수한 처녀였다. 그래서 그런지 얼굴이 예쁜 그 여자는 남자에게 당당했다. 자신감 있게 남자를 대했고 주저함 없이 그에게 청혼했다.

수수한 여자는 아무 말 없이 미소만 보일 뿐이었다. 가끔 남자와 마주칠 때에도 조용히 고개를 돌리고 그가 지나가기를 기다렸다. 그리곤 하염없이 그의 뒷모습을 쳐다보기만 했다.

세 사람이 함께 자리 할 우연한 기회가 찾아왔다. 평소에 가까이 지냈던 남자의 어머니가 자신의 생일잔치에 두 사람을 나란히 초대했던 것이다. 거기서 얼굴이 예쁜 여자는 화려한 옷을 입고 연신 손님들과 어울려 자신의 미모를 뽐내기에 바

빴다. 수수한 여자는 슬그머니 주방으로 들어가 음식을 나르
는 등 바쁜 일손을 도와주었다.

잔치가 끝날 때쯤 남자는 잠시 틈을 내어 쉬고 있는 그녀에
게 다가갔다. 물기 묻은 그녀의 손을 잡고 청혼을 하기 위
해서였다. 여전히 미모의 그 여자는 손님들과 떠들기 바빴
고……

사랑은 실천하는 것이다

요즘 '사랑'이란 단어가 너무 흔하다. 아무 때나 사랑이고 아무한테나 사랑이다. 말만 무성할 뿐 행동이 따르지 못하는 사람은 알프레드 테니슨의 소설 『이녹 아든』을 읽어볼 일이다. 그를 위해 한 발짝 물러설 용의가 있는가? 때로 사랑은 그런 실천을 요구하기도 한다.

영국의 한 작은 해변 마을에 필립과 아든이라는 청년과 애니라는 아름다운 처녀가 살고 있었다. 어릴 때부터 함께 어울렸던 그들은 자연스레 서로를 사랑하게 됐다. 하지만 혼기에 이르자 애니는 한 사람을 선택할 수밖에 없었다. 그녀는 고민한 끝에 다정하고 내성적인 필립보다는 활달한 성격을 가진 아든과 결혼했다.

어느 날, 아든은 배를 타고 먼 바다로 나가게 됐다. 짧은 일정이 아니었기에 그는 친구인 필립에게 사랑하는 아내를 부탁하고 떠났다.

필립은 아든이 없는 동안 정성을 다해 애니를 보살폈지만 얼마 후, 아든이 타고 간 배가 침몰했다는 소식이 들려왔다. 타고 있던 사람들은 모두 죽었을 것이라는 비통한 소식이었다. 수년의 세월이 흘렀지만 아든만은 살아 돌아올 것이라는 애니의 믿음과는 달리 아든은 돌아오지 않았다. 그러자 필립은 애니에게 이제 그만 아든을 잊고 자기와 새 출발을 하자고 제의했다. 그러나 애니는 고개를 저었다.

또다시 긴 세월이 흘렀지만 아든에게선 아무런 소식도 없었다. 그러자 이젠 그의 죽음이 확실하다고 생각할 수밖에 없었던 애니. 혼자 힘으로 살림을 꾸려가기가 벅찼던 그녀는 마침내 필립의 요청을 받아들여 그와 재혼하게 되었다. 그런데 이 무슨 운명의 조화인지 아든이 천신만고 끝에 살아서 돌아왔다. 오로지 애니를 사랑하는 마음 하나로 온갖 역경을 헤치고 살아 있을 수 있었던 것이다.

애니의 재혼 소식을 들은 아든은 하늘이 무너질 것 같은 절망을 느꼈다. 자신 앞에 펼쳐진 가혹한 현실 앞에 어떻게 처신해야 할지 가늠하기도 어려웠다. 날이 저물어 그 집을 찾아간 아든은, 식탁에 둘러앉아 저녁 식사를 하는 그들의 행복한 모습을 엿볼 수가 있었다.

꿈속에서도 그리던 사랑하는 아내 애니. 그리고 친구 필립. 당장이라도 거기에 뛰어들고 싶었지만 아든은 조용히 돌아섰다. 그들의 행복을 깨지 않기 위해 자신은 멀리 떠나기로 마음먹었던 것이다.

유성

더 이상 기다릴 수 없었던 어떤 별은 마지막으로 선택하지 않을 수 없었다. 제 몸을 다 불태워서라도 누군가에게 건너가는.

유성이었다. 그 별을 보면 절로 숙연해진다. 한순간, 누군가에게 당도하기 위해 자기의 모든 것을 소멸했던 별. 나는 언제 내 모든 것을 바쳐 너에게 당도하려 했던 적 있었던가. 내 자리는 끝내 지키려고 했던 내가 못내 부끄러웠다. 티끌 하나라도 버리지 않으려고 안간힘을 써왔던 내가.

blue09
야금야금

도둑고양이가 생선을 훔치듯 당신의 마음을 훔치고 싶다. 도
둑고양이가 생선을 뼈째 발라먹듯 당신의 마음을 통째로 발
라먹고 싶다. 도둑고양이가 슬쩍 들어와 어느새 방 한쪽을
차지한 것처럼 나 또한 소리 소문 없이 너의 마음에 들어앉
고 싶다.

사랑이라는 독감

일주일 정도 감기를 앓았다. 지독한 감기여서 꼼짝도 못했다. 하지만 감기여서 정말 다행이다. 사랑도 감기처럼 일주일 정도만 앓는 병이라면 좋겠다. 딱 일주일만 앓고 언제 그랬느냐는 듯 훌쩍 털어낼 수만 있다면…….

몇 년을 앓아도 치유하기 어려운 사랑이라는 감기몸살.

감기엔 '예방접종'이란 게 있다.
사랑엔 그게 없다.

마음그릇

당신을 향한 사랑을 담기에는 내 마음이 너무 작은가 봅니다. 이렇듯 미어터질 듯하니.

사람은 다 저마다 그릇이 있다. 그릇이 커야 한다고 어릴 때부터 수없이 들어왔지만 자신에게 주어진 그릇을 키우기란 쉽지 않다. 특히 당신을 담을 때의 내 그릇은 작고 보잘 것 없어서 금방 차고 넘치기 일쑤다.

당신에게 좀 더 담대할 순 없을까. 당신에게 좀 더 넓어져 당신을 온전히 다 받아들일 수는 없을까. 매번 마음은 그렇게 먹지만 마음대로 안 되는 것이 또한 나의 마음그릇이었다.

그릇이 종지만 해도 잘 담아내기만 하면 된다.
작아도 괜찮아. 더 귀한 걸 담으면 되니까.

주는 만큼 늘어나는 행복

어떤 사람이 자전거를 열심히 닦고 있었다. 그 곁에선 아까부터 호기심 어린 눈으로 구경하는 소년이 있었다. 금세 윤이 번쩍번쩍 나는 자전거가 몹시 부러운 듯 소년은 물었다.

"아저씨, 이 자전거 꽤 비싸게 주고 사셨지요?"

"아니야, 내가 산 게 아니란다. 형님이 주셨어."

"그래요? 나도……."

소년의 부러움 섞인 대꾸는 그 사람의 미소를 절로 자아내게 했다. 나도 그런 형이 있다면 얼마나 좋을까, 분명 그런 생각을 소년은 가졌을 것이고, 그런 형을 가진 자신은 정말 행복하다고 생각했다.

그런데 그는 곧 다시 소년을 쳐다보아야 했다. 자신의 짐작과는 전혀 다른 말을 소년이 하고 있었기 때문이었다.

"나도 그런 형이 되었으면 좋겠네요. 우리 집에는 심장이 약한 내 동생이 있는데, 그 애는 조금만 뛰어도 숨을 헐떡거리거든요. 나도 내 동생에게 이런 멋진 자전거를 주고 싶어요."

주는 것과 받는 것.

대부분 받지 못해 안달이지 주지 못해 안타까워하는 경우는 드물다. 주는 행복감. 그것은 어쩌면 있는 사람보다 없는 사람이 더 자주 경험하는 듯하다. '과부가 홀아비 심정을 잘 안다'는 식의 동정은 결코 아니다. 거기엔 계산이 깔려 있는 것도, 생색을 내자는 것도 아니기에.

행복이란 것은 결국 줌으로써 비워지는 것이 아니라 채워지는 것이다. 베푸는 만큼 가슴 속에 쌓이는 행복의 양도 많아지니까.

내가 만일 한 가슴을 달랠 수 있다면
나의 삶은 헛되지 않을 것이다.

문득 디킨슨의 시가 생각나는 밤이다.

비겁한 외면

영등포 역 앞을 시날 때였다. 단돈 백 원만 달라고 애원하는 할머니를 그냥 지나치고 말았다. 동전이 없다는 구실 때문이었다.

지하도 건너 포장마차에서 어묵을 먹으며 허기를 때우는데 어묵보다 더 뜨거운 것이, 허기보다 더 헛헛한 것이 자꾸만 속에서 올라오고 있었다. 가슴이 무거웠다.

허겁지겁 왔던 길을 되돌아가니 그 흔한 벤치 하나도 차지하지 못하고 역 구석에 쪼그리고 앉아 있는 그 할머니. 오천 원짜리 지폐를 던지다시피 내놓고 황급히 돌아선 것은 결코 내가 착해서가 아니었다. 내 불편했던 마음을 조금이나마 덜고자…….

우리는 때때로 비겁하고, 그 비겁함 때문에
스스로 심판받는 일이 잦다.

작지만 큰 진리

주말이 되어 산을 찾았다. 내 눈엔 작은 산이었지만 산은 작은 게 아니었다. 작은 산이라 생각한 내 오만을 비웃듯 산에는 온갖 세상이 모여 있었다. 풀꽃들의 세상, 벌레들의 세상, 바람과 돌과 물과 나무들의 세상. 조그만 풀꽃 하나에도 세상이 숨겨져 있는데 작은 산이라니.

올라갈수록 산은 만만하지 않았다. 쉽게 정복할 수 있을 것 같던 그 산이, 그리하여 별다른 준비 없이 산행을 감행한 내게 황당함을 안겨주었다. 아무리 작은 산이라도 정상을 정복하는 일만큼은 쉬운 게 아니었다.

다시금 깨닫는다, 세상에 만만한 일이라곤 눈을 닦고 찾아봐도 없다는 것을. 정상 가까이에 서 있는 나무들의 키가 왜 작겠는가. 고개를 숙이고 있지 않았더라면 어떻게 그 거센 바람들을 견뎌낼 수 있었겠는가.

숲길이다. 발소리를 죽이는 것은 근처 산사에서 울려나오는 풍경 소리를 귀담아 두기 위해서였다. 숲속에서 듣는 풍경 소리는 마음을 차분히 가라앉혀 준다. 솔바람과 풍경 소리, 절묘하게 어울리는 화음이 아닐 수 없다.

그러고 보니 세상에는 소리가 나지 않는 것들이 없다. 고즈넉한 것 같아도 숲에는 온갖 소리가 넘쳐흐른다. 조금만 귀를 기울여 보면 이 세상에 존재하는 모든 것들은 모두 제각기의 목소리를 갖고 있음을 알게 될 것이다. 침묵하는 무생물까지도 어떤 조건과 만나면 반드시 제 소리를 낸다는 것을.

자연스레 울려나오는 소리는 아름답다. 바람 부는 소리, 물 흐르는 소리, 바람과 물과 만나는 모든 것들의 소리들이. 그러나 억지로 내는 소리는 듣기가 거북하다. 자기의 소리가 아닌 까닭이다.

숲을 내려오면서 나는 또 깨닫는다. 그것들의 소리가 저토록 아름답고 조화로운 건 무심에서 나오는 까닭이라고. 바라는 것이나 집착 없이 무심히 울리기에 그토록 오묘한 소리를 낼 수 있는 것이라고.

가득 찬 것보다는 어딘가 좀 비어 있는 구석이 있으면 마음이 편해지는 걸 느낀다. 구름은 하늘을 다 차지하려 하지 않고, 나무 또한 때가 되면 가리고 있던 잎을 털어 하늘을 여유롭게 해주지 않는가.

blue15

삶과 사랑 사이

이상한 일이다. 왜 자기가 갖고 싶은 것, 원하는 것은 멀리에
만 있는 것일까. 가까이 다가가지 못하고 저만치서 서성거려
야 하는 안타까움.

바람이 차고 매서웠던 어느 해 겨울, 그녀를 만난 것은 읍내
2층 다방에서였다. 마침 그날따라 유독 심하게 기침을 하던
나를 다방 종업원이었던 그녀는 그냥 보아 넘기지 않았다.
주문한 커피 대신 내 앞에 놓인 홍차, 그리고 하얀 약봉지.

"감기엔 커피가 안 좋대요. 그리고 이건 제가 먹으려고 지어
놓은 건데……."

의아해하며 올려다보는 나에게 그녀는 수줍게 웃어 보였고,
그 환한 미소와 따스한 손길에 나는 대번에 마음이 흔들리고
말았다. 그 이후 시간만 허락되면 그 다방을 들락거린 건 물
론이다.

전역이 가까워져 초조해진 나는 조바심을 치다 마침내 릴케의 시집을 선물함으로써 그녀에 대한 내 마음을 전했다. 하지만 그녀는 쓸쓸한 미소만 지어보였다.

"그냥 친구로 지냈으면 해요. 부탁이에요, 그렇게 해주세요."

사랑이라는 것, 혹은 사랑한다는 것. 그것이 뭐 그리 대수로운 일은 아니었다는 것을 그녀를 통해 알게 되었다. 진실로 원하면서도 스스로 밀어낼 수밖에 없는 상황이 있다는 것도. 자신이 서 있는 삶이, 그 현실이란 것이 그녀에겐 사랑보다 더 우선이었고, 그녀와 같은 삶을 살아가는 사람 또한 세상에는 얼마든지 많다는 것을 나는 그녀를 만나면서부터 어렴풋이나마 깨달을 수 있었다.

산다는 것과 사랑한다는 것. 둘은 가장 가까우면서도 먼 사이다. 가끔 우리는 산다는 것 때문에 사랑하는 것을 포기해야 할 때가 있다. 사랑이 내 삶의 전부처럼 여기다가도 결국은 현실을 인정하고 고개를 떨구는 경우가 적지 않은 것이다. 경험해본 사람들은 알리라. 내 앞에 주어진 삶의 무게로 인해 그대를 외면해야 하는, 그 죽기보다 싫은 선택을. 하지만 어쩌겠는가, 쭉정이 같은 삶이라도 부여안고 가야 하는 것을.

아주 가끔 사랑 때문에 삶을 포기하는 경우도 없지 않지만, 그럴 땐 누구나 동정을 보내기보다는 혀를 찬다. 그래서 살아가는 것보다 누군가를 사랑하는 것이 더 힘든 모양이다. 내게는 둘 다 버거운 일이지만.

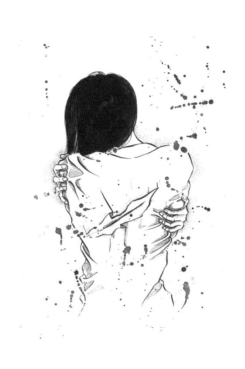

사는 게 급급한 연인에게 왜 사랑이 먼저가 아니냐고
투정만 부린다면 그 사람은 사랑할 자격이 없다.

blue16

아침까지 내리는 비

언젠가 그대도 아침까지 눈물을 흘렸던 적이 있었지. 그렇게 눈물을 흘리면 몸무게가 가벼워지겠다, 한마디 툭 던졌는데 그댄 눈물 그렁그렁한 눈으로 나를 흘겨보았지.

아침에 내리는 비가 참 맑고 경쾌한 것은, 밤새 깊고 무거운 것 다 덜어내고 아주 조금만 슬픔이 남아 있기 때문이야.

이미 당신을 사랑하는 나는

가을은 그냥 오지 않아.

세상 모든 것을 물들이며 와.

그래서 가을이 오면

모두가 닮아가나 봐.

당신은 지금 어디쯤 오고 있어?

나, 당신에게 이렇게 물들어 있는데.

당신과 이렇게 닮아 있는데.

당신을 사랑해도 되겠습니까? 당신이 허락하지 않는다 하더라도 이미 당신을 사랑하는 나는 당신의 의사와는 상관없이 하루에도 수십 번씩 당신을 만났다가 하루에도 수백 번씩 당신과 이별하곤 합니다.

당신을 사랑해도 되겠습니까? 굳이 당신에게 물어볼 것도 없이 이미 당신을 사랑하고 있는데요, 나는.

당신의 무기수

그대에게 이를 수 있는
입구도 없었고

그대에게 벗어날 수 있는
출구도 없어서

그저 나는
두리번거리고만 있다.

어느 날부터 내 삶은 새로 시작되었다. 당신만 있고 나는 없
는 세상. 오로지 당신을 통해서만 내가 있다는 게 확인되는
세상. 내가 미처 선택할 틈도 없이 내 삶은 그렇게 바뀌었고,
내겐 그 세상을 되돌릴 힘마저 없었다.

나 혼자만 지쳐 있는 것 같았다. 당신은 아무렇지도 않은 듯 가만히 있는데 나 혼자만 아파하고 나 혼자만 애태우는 것 같았다. 당신, 언제까지 그렇게 한 발짝도 움직이지 않을 건가요. 입 다물고만 있지 말고 무슨 대꾸라도 좀 해봐요. 정말로 나를 사랑하긴 하는 건가요.

아주 가끔은 당신에게서 놓고 싶을 때가 있었다. 당신이라는 철망 속에서. 그러나 곧 깨달을 수 있었다. 당신 밖에서 살아갈 자신이 없다는 것을. 나 스스로 종신형을 선고 받아 당신의 무기수로 살아가는 나는.

함께 볼 수 없는 풍경이 아프다

네 자리 숫자.

우연히 네가 쓰는 통장의 비밀번호가 그 사람의 생일과 같다는 것을 알았다. 그랬었구나. 네 마음의 금고가 아직도 그 사람으로 인해 닫혀 있었구나. 그래서 내가 들어갈 자리가 없었구나.

어디론가 당신은 혼자 떠났고, 그 며칠 뒤 휴대폰 액정에 뜬 글은 발신음보다 더 내 가슴을 울렸다. 이곳의 풍경이 참 아름다워. 당신은 그저 무심코 보낸 글이었겠지만 그 메시지를 보는 나는 무척 쓸쓸했다. 그 아름다운 풍경을 왜 함께 볼 수 없었을까.

당신과 함께가 아니라면 나는 당신이 보는 그 풍경이라도 되고 싶었다. 당신 시선 속의 나뭇잎 하나로도 머물고 싶었다.

줄 수 있을 때

사랑했던 아내와 사별한 한 친구가 나에게 이렇게 고백했다. 못해준 것만 자꾸 생각난다고. 잘해준 것은 하나도 생각나지 않는다고. 나는 속으로 혀를 찼다. 잘해준 것이 없으니까 그렇지.

줄 수 있을 때 아낌없이 주어야 한다. 줄 게 없어질 수도 있고, 줄 대상이 없어질 수도 있으니.

하던 사업이 하루아침에 망해 방황하던 후배가 있었다. 어느 날 그가 내게 전화를 해왔는데, 이런 마당에 애인으로부터 이별통보까지 받아 죽고 싶은 마음뿐이라고 했다. 나는 조용히 말해줬다. 그래, 죽는 게 좋겠다. 기왕이면 빨리 죽어라. 그래야 네 애인이었던 그 여자가 정말 잘 헤어졌다고 쾌재를 부를 테니.

처음 사랑에 빠질 땐 대체로 그의 장점, 그의 밝은 빛만 눈에 띄게 된다. 그러다 점차 그의 단점, 어두운 면도 눈에 들어오게 되니 이때가 사랑의 위기다. 그의 단점, 그리고 그가 안고 있는 어두운 부분까지 감싸 안을 수 없다면 그 사랑은 뻥이다, 공갈빵이다.

사랑하면, 더 많이 이해해야 하는데 오히려 더 많은 것을 바라게 된다. 그래서 사랑이 원망이 되고 미움이 되고 아픔이 돼서 결국은 그 사람과 멀어지게 된다.
사랑이란 이름을 함부로 갖다 붙이지 마라. 그 사람의 잘못까지 내 잘못이다 생각하는 마음까지 갖지 않고선 함부로 사랑이라 말하지 마라.

그를 위해 기도할 각오 없이 사랑한다고 생각지 마라. 사랑은 아무데나 갖다 붙이는 껌딱지가 아니다.

꽃을 사랑하는 방법은 그 꽃이 시들지 않게 물을 주는 일이다.
시들어버린 꽃이 있다면 더욱 관심을 갖고 그 꽃이 생기를 되찾게
도와주는 일이다. 누구를 위한 사랑인지? 그를 위한 것인가,
아니면 그를 사랑한다고 믿는 자신을 위한 것인가?

보물찾기

어린 시절 소풍을 가면 꼭 보물찾기를 하곤 했다. 구석구석
을 뒤져도 보물은 잘 찾아지지 않아 어린 나의 애를 태웠는
데, 어쩌다 운 좋게 찾고 보면 보물은 어디 거창한 데 숨어
있는 게 아니었다. 돌 밑이나 나무뿌리 근처 등 조금만 주의
를 기울여도 찾을 수 있는 가까운 곳에 있었다.

아주 작은 기쁨을 즐길 것.
그런 것들은 언제나 충분히 마련되어 있으니까.

단추

가끔은, 삶이 단추 같은 것이라면 좋겠다는 생각을 해봤어.
어쩌다 잘못 채워져 있을 때 다시 끌러 새로 채우면 얼마나
좋을까, 하고.

단추가 잘못 채워져 있을 때 억지로 잡아떼려 하지 마.
단추가 무슨 죄야, 잘못 채운 나를 탓해야지.

어떤 꽃으로 필래요

날이 이렇게나 추운데 무슨 꽃이냐고?

그렇게 말하면 할 말 없지. 하지만 말이야, 예쁜 꽃을 피우기
위해선 그 전의 관리가 중요해. 미리 대비하고 기다릴 줄 알
아야 한다는 말이지. 삶에 대한 부담감과 막연한 두려움, 그
불안한 마음은 꽃이 피기 전의 진통이라고 생각해야 해.

지금 힘든 것은, 더 튼튼한 꽃으로 피어나기 위한 몸살이라
고 생각하고 이겨내봐. 너는 곧 어여쁜 꽃일 테니.

당신은, 어떤 꽃으로 필래?

너는 지금, 나보고 하루를 덜 살라고 했다는 걸 알고 있을까?

RED

외면하는 너에게

낙엽

네가 꽃 피우고 열매를 맺는 동안
누군가는 햇볕을 받아 타들어갔다.

잊지 마라, 한때 너와 한 몸이었다가
너를 위해 기꺼이 떨어지는 별들을.

하늘에 올라가지도 못하고
기어이 땅으로 곤두박질치는
저 아름다운 별들을.

만남 이후

그대가 처음 내 눈에 들어온 순간
나는 세상이 갑자기 환해지는 것을 느꼈다.
그리고는 아무것도 보이지 않았다.

그로 인해
내 삶이 송두리째 흔들리게 될 줄
까맣게 몰랐다.

너를 처음 보았을 때 저만치 멀리 떨어져 있었지만 너를 바라보는 기쁨만으로도 나는 혼자 설레었다. 다음에 또 너를 보았을 때 가까워질 수 없는 거리를 깨닫곤 한숨지었다. 너를 볼 수 있는 것만으로도 충분하다 생각했는데 어느새 내 마음엔 자꾸만 욕심이 생겨나고 있었던 거다. 내 어둔 마음에 뜬 별 하나, 너는 내게 가장 큰 희망이지만 가장 큰 아픔이기도 했다.

너로 인해 내 가슴에 슬픔이 고이지 않는 날이 없었지만
네가 있어 오늘 하루도 넉넉하였음을…….

커피 물을 끓이며

어쩌면 내가 당신을 너무 사랑한 것은 아닐까? 커피 물을 끓이는 순간에도 당신을 생각하는 내 그런 마음이 당신을 너무 버겁게 한 것은 아닐까?

그런 순간에 커피 물은 다 끓어 넘치고 어느덧 새카맣게 타 들어가는 주전자를 보며, 어쩌면 내 그런 집착이 내 마음을 태우고 또 당신마저 타버리게 했는지도 모르겠다는 생각을 했다.

물은 새로 끓이면 되지만 내 가슴을 끓게 만들 사람은 당신 말고는 다시없을 거란 생각에 당신이 또 보고 싶어졌다.

향기나무

아침에 동네를 한 바퀴 둘러보았다.

비 온 뒤라 그런지 꽃들이 더없이 청초하고 아름답다. 동네에 이렇게 많은 꽃들이 있었다니 새삼 그동안 그냥 지나쳐왔던 내 무심을 탓하게 된다.

아름다운 꽃이 피어 있는 곳에는 어김없이 길이 나 있다. 사람들이 저절로 모여들기 때문이다. 이와 마찬가지로 아름답고 향내 나는 사람에게 많은 사람이 따르는 것은 당연한 일이다.

백단향 나무는, 동남아 등지에서 분포하는 상록수로 특유의 짙은 향기가 나는 것이 특징이다. 자기를 찍는 도끼날에게까지 향기를 남긴다고 하니 그 진한 정도를 가늠하기 어렵지 않다.

내 마음에 심고 싶은 향기 나는 나무 한 그루.

내가 손해를 보더라도 상대를 위해 아량을 베푸는 너그러운 사람, 자신을 해하고자 하는 사람도 인격으로 동화시켜, 그래서 언제나 은은한 향기가 풍겨져 나오는 사람. 그런 사람을 만나고 싶다. 그 향기가 온전히 내 몸과 마음을 적실 수 있도록. 그리하여 나 또한 그 향기를 누군가에게 전할 수 있도록.

red05
민들레의 자세

들길 한 모퉁이에 조용히 피어 다소곳이 제자리를 지키는 민들레. 자그마한 키로 소박하게 피어 있는 그 꽃은 들여다볼수록 야무지고 당차다. 수없이 많은 홀씨를 준비하고 있으면서도 다소곳이 고개를 숙이는 겸허함도 지녔다. 자신의 할일이 끝나면 훌훌 홀씨를 떠나보내는 의연함도 있다. 그리하여 어떤 혹독한 시련을 겪더라도 내년 이맘때면 어김없이 새싹을 틔우는 민들레.

나는 그 꽃을 보며 앞으로 가야 할 내 삶의 자세를 배운다. 아름다운 꽃잎만 내세우다가 이리 잘리고 저리 잘려 마침내는 누군가의 꽃병에 꽂혀 수명을 다하는 꽃이 아닌. 화려한 빛깔과 향기는 없지만 떠날 때 훌훌 떠났다가 이 땅 척박한 곳 어디에서도 뿌리내릴 수 있는 민들레처럼 의연하고 질긴 삶이 되길 바라는 것이다.

교만과 집착에 탐닉하는 내 척박한 마음에도
민들레 꽃씨 하나 날아왔으면…….

내 마음의 톱밥난로

겨울이 왜 추운지 아는가? 서로 손을 잡고 살라고 추운 것이다.

옷을 두껍게 입었는데도 춥다면 그것은 마음이 추운 탓이다. 아무리 이불 속을 파고들어봐도 사랑이란 온기를 지니지 않았다면 추위는 가시지 않는다.

거리에서 신문을 파는 소년이 있었다. 매서운 바람이 쌩쌩 부는 어느 추운 겨울날에도 소년은 변함없이 거리로 나섰다. 그러나 날씨가 너무 추워서 그런지 사람들은 집에 가는 걸음만 재촉할 뿐 신문은 거들떠보지도 않았다.

뺨은 얼어붙어 터질 듯했지만 소년은 그만둘 수 없었다. 집에선 자신을 기다리는 배고픈 동생들이 있었기 때문이다. 오늘 같은 날이면 교통사고로 돌아가신 부모님 생각이 더욱 간절했다. 부모님이 살아계셨다면 지금쯤 따뜻한 방에서 재롱을 부릴 나이였지만 소년은 이를 악물고 신문을 한 장이라도 더 팔기 위해 애를 썼다.

그때 할아버지 한 분이 멈춰 서서 소년을 불렀다. 그는 신문값을 치르며 소년의 손을 잡았다.

"이런, 손이 다 얼어버렸네. 몹시 춥겠구나."

할아버지의 손은 따스했다. 소년은 환히 웃으며 고개를 꾸벅 숙이고 인사를 했다.

"고맙습니다, 이젠 춥지 않습니다."

조그마한 관심, 그 사랑으로 손을 잡으면 마음까지 따스해지는 것은 물론이다. 그런 훈훈한 미덕으로 인해 우리 사회는 지탱되어왔고, 또 지탱되어갈 것이다.

그런데 우리는 언제부턴가 마음의 문을 닫아두기 시작했다. 내 눈에 다래끼 난 것은 아파도 남의 눈에 종기 난 것은 대수롭지 않은 것이다. 함께 걸어가는 동반자로서의 '우리'가 아니라 내가 짓밟고 일어서야 할 '남'만 존재하고 있다. 남을 위해 발길에 채는 돌멩이 한 번 집어낸 적 없으며, 앉아 쉴 수 있는 의자 한 번 마련해준 적 없다. 그러니 동료도 없고 친구도 없고 우리 마음이 추울 수밖에.

아무리 좋은 곳이라 하더라도 자기 혼자밖에 없다면, 그 덩그런 곳에 오로지 자기 혼자만 살고 있다면 그 삶은 쓸쓸하고 외롭지 않을까. 어린 날 읽었던 동화 속의 이야기처럼 아이들이 찾아오지 않는 거인의 집에는 혹독한 겨울만 계속될 뿐이다. 그러니 우리 더 이상 추워지기 전에 마음을 열자. 대문을 열고 아이들을 맞이했더니 마당에 금세 봄이 온 것처럼 우리도 문을 열어 볕이 들어오게 하자. 그래서 그것이 얼마나 따스한 것인지 느껴보자.

바스콘셀로스의 작품 『나의 라임 오렌지 나무』에는 '제제'라는 주인공 소년이 나온다. 그 소년은 너무 못 먹은 탓에 키가 작았다. 학교에 도시락 한 번 싸가는 일도 없었다.
그래서 담임 선생님은 제제에게 빵을 사 먹으라고 가끔 동전을 주었다. 하지만 준다고 해서 소년은 돈을 다 받는 게 아니었다. 애써 사양했지만 어쩔 수 없는 경우에만 그 돈을 받곤 했다.

그 이유를 선생님은 곧 알게 된다. 자기 반에는 그렇게 밥을 못 먹는 가난한 아이가 또 있었기 때문이었다. 그리고 선생님은, 제제가 돈을 줄 때마다 빵을 사서 그 가난한 아이와 함께 먹고 있다는 것도 알게 되었다. 그 아이는 제제보다 더 작고, 가난하고, 아무도 놀아주지 않는 아주 새까만 흑인 아이였다. 제제는 배가 고픈데도 불구하고 자기보다 더 가난한 그 아이에게 빵을 나눠주었다. 그리고 함께 놀아주었다.

그러고보면 베푼다는 것은 꼭 많이 가진 자만이 행하는 것은 아닌 모양이다. 제제라는 소년은 도시락도 못 싸갈 만큼 가난했지만 자기보다 더 가난한 친구가 있다는 것을 알고 기꺼이 빵 한 조각을 나눠 먹었다. 없는 사람이, 그리고 적은 것이라도 베푸는 행위는 있는 사람의 그것보다 훨씬 더 고귀한 행위가 아닐까.

나의 온기로 발갛게 달아오르는 사람들의 얼굴을 보는
것만으로도 나는 얼마나 행복한가.

20세기 최고의 로맨스

영국 황실의 후계자였던 에드워드 공. 그는 1920년대와 1930년대에 걸쳐 전 세계의 이목을 집중시켰던 역사적 연애 사건의 주인공으로 유명하다. 독신으로 살고 있었던 그가 사랑에 빠지게 된 것은 당시 이혼 수속을 밟으며 여행을 하고 있었던 미국 출신의 윌리스 심프슨 부인을 만나게 되면서부터였다.

그는 그녀와 결혼하고 싶었으나 이혼 경력이 있는 여성과의 결합을 영국황실에서 허락할 리는 만무했다. 그는 왕위에 즉위해 에드워드 8세가 되어서도 왕실과 정부의 지도자들에게 그녀와 결혼할 수 있게 끈질기게 요청했지만 그것은 받아들여질 수 없는 사랑이었다.

결국 영국 의회는 그에게 왕위를 포기하든지, 아니면 그녀를 단념하든지 두 가지 중 하나를 선택할 것을 요구하게 되었다. 한동안 고심했던 그는 1936년 말, 마침내 국민들 앞에서 왕위를 버리고 사랑을 찾겠다는 결심을 발표하게 된다.

고국을 떠나 타국으로 망명의 길을 떠나게 되었을지라도
결코 후회하지 않았던 에드워드 8세. 사랑을 위해서
모든 것을 버릴 수 있는 그의 헌신이 새삼 부럽다.

나무는

간격을 이루며 서 있는 저 나무들은 외롭지 않아. 가까이 다
가서진 못하지만 더 멀어지지도 않았으므로. 겉으로야 무심
한 척 시침 떼지만 그를 향해 뻗어 있는 잔뿌리들을 봐. 남들
모르는 땅 속 깊이 서로 부둥켜안고 있지 않는가.

"무엇이 우리의 삶을 증언해 줄 것인가? 우리의 작품인가, 철학인가?
그건 아니다. 오직 사랑만이 우리의 존재를 증명해 줄 뿐이다."
알베르트 카뮈의 말에 나는 동의한다.

참 이상한 일

어떤 사람을 사랑하게 되면 어디에 있건 무엇을 하건 그 사람부터 떠올려. 이건 그 사람이 잘 먹던 음식인데, 이건 그 사람에게 어울릴 만한 옷인데, 이건 그 사람이 좋아하는 음악인데…….

사랑은 몰입이야. 자기 자신까지 망각케 할 수 있는 철저한 몰입. 사랑이 다른 일보다 더 어려운 것은 그것이 커지기 시작하면 자신조차 감당하지 못하기 때문이야. 그래서 사람들은 흔히, 사랑에 빠진 사람들을 보고 정신 차리라고 충고하기도 하지. 하지만 그 사람들 또한 사랑에 빠지게 되면 역시 어쩔 수 없어.

어떤 한 사람 때문에 다른 사람의 존재 따위는 신경 쓰이지
않는다면, 그로 인해 자꾸 자신이 변화하게 된다면
당신은 이미 그 사람을 지극히 사랑하고 있어.

너 없이 살 수 없어

약속장소로 나가려던 참이었는데, 급한 일이 생겼으니 내일 만났으면 좋겠다는 너의 메시지는 나의 모든 것을 정지시켰어. 알았다곤 했지만 그때부터 나는 아무것도 할 수 없었지. 너는 지금, 나보고 하루를 덜 살라고 했다는 걸 알고 있을까?

세상에 내가 할 수 없는 일이 많이 있지만 그 중에 한 가지만을 꼽으라면 그건 바로 당신을 사랑하지 않는 일이야. 물은 물고기가 없어도 아무렇지 않게 흘러갈 수 있지만 물고기는 물이 없이는 한시도 살아갈 수 없음을.

red11

바람과 잎새

바람이야 뭐 별 생각 없이 불었을 것이다. 자신 때문에 흔들린 잎새가 있었다는 것을 알지 못한 채. 부는 바람이야 그저 스쳐지나갔을 뿐이었지만 흔들린 잎새만 한동안 그 느낌에 파르르 떠는 거지 뭐.

당신이 무슨 잘못이 있었겠는가. 흔들리고 아파한 내 탓이지. 그러니 그대는 그저 모른 척하라. 뒤 돌아보지도 말고 가라.

바람막이

불교용어에 연기緣起라는 말이 있다. 이는 인연생기因緣生起의 줄임말로 갈대의 묶음을 지칭하는 말이다.

갈대 하나로는 서기 어렵지만 그 갈대를 여러 개의 다발로 묶으면 쉽사리 설 수 있다는 가르침. 바람이 세차면 세찰수록 갈대는 서로 부여안고 산다. 함께 부둥켜안아 결코 쓰러지지 않는다.

그가 쓰러지면 언젠가는 나도 쓰러진다. 마찬가지로 그가 쓰러지지 않아야 나도 쓰러지지 않을 수 있다. 내가 그의 바람막이가 돼준다는 것은 따지고 보면 그가 나의 바람막이가 돼준다는 말도 되지 않는가. 서로 부둥켜안아야 외롭지 않고 쓰러지지 않을 수 있다는 사실. 이 단순한 진리를 우리는 너무 쉽게 잊는다.

red13

가슴으로 듣는 멜로디

독일 베를린 뒷골목에서 한 거지 소녀가 바이올린을 켜고 있었다. 몇 푼의 동정을 얻기 위해서였지만 가냘픈 팔로 켜는 바이올린 선율은 서툴기만 했다. 그래서인지 소녀의 앞에는 꼬마들만 몇 명 모여서 구경할 뿐 아무도 거들떠보지 않았다. 그때 한 젊은 신사가 소녀에게 다가가더니 바이올린을 받아 들었다. 그리곤 익숙한 솜씨로 연주하기 시작했다. 아름답고 황홀한 멜로디가 흘러나오자 지나가던 사람들이 걸음을 멈추고 모여들었다.

연주가 끝나고 사람들이 돈을 던진 것은 물론이다. 젊은 신사는 돈과 바이올린을 소녀에게 건네주곤 곧 그 자리를 떠났다. 그 젊은 신사는 다름 아닌 세계적인 물리학자 아인슈타인 박사였다. 그 누구도 돕지 않고 구경만 하고 있을 때 나설 수 있는 것은 용기가 아니라 '사랑'이다. 그가 이룬 큰 업적은 사실 다른 사람을 생각하는 따뜻한 마음에서부터 비롯되지 않았을까.

아름답고 황홀한 멜로디. 가슴을 열어라,
그 멜로디는 결코 귀로 듣는 것이 아니니.

아름다운 조화

바이올린은 여러 현악기 중에서도 가장 몸집이 작다. 그런데
도 소리의 영역은 다른 악기에 비해 훨씬 크다. 그런데 그 바
이올린도 줄을 문지르는 활이 없으면 아무런 소용이 없다.
당연한 이야기겠지만 활이 없다면 바이올린 몸통 혼자서는
그 어떤 소리도 낼 수 없는 것이지.
세상을 살아가는 것도 이와 마찬가지다. 혼자 살아가기보다
는 여럿이 어울려야 화음이 생기고 아름다운 소리가 나지 않
을까?

따로따로 걸어가는 것보다 서로 어깨를 맞대며 걸어가는 것이 훨씬
아름답다. 그것이 남자와 여자의 경우라면 훨씬 더.

사랑

마음과 마음 사이에
무지개 하나가 놓였다고 생각했다.

그러나,
이내 사라지고 만다는 것은
미처 몰랐다.

하지만 나는 너에게 간다. 이렇게 가다 보면 너에게 당도할 것이라는
막연한 기대를 가지고. 너에게 닿아서가 아니라 너를 생각하며
걸어가는 그 자체가 내겐 더없이 행복한 것이었으므로.

아름다운 추락

새가 날아오르다
스스로 떨어지는 것은
추락이 아니다.

내가 당신을 사랑하다
스스로 발길을 돌리는 것은
떠남이 아니다.

사랑을 잃었다고 하는 것은 기실 사랑을 잃은 것이 아니라
자신의 집착이 무너진 것이 아닐까. 새를 사랑한다는 것은
하늘을 향해 훨훨 날아갈 수 있도록 도와준다는 것이지 자신
의 새장 안에 가둬놓는다는 것은 아니니까.

red17

외면하는 너에게

사랑한다고 말하면서부터

외려 더 가까이 갈 수 없었다.

사랑한다고 말하면서부터

너를 똑바로 쳐다볼 수 없었다.

사랑한다고 말하면서부터

나는 점점 뒷걸음질쳐야 했다.

외로웠다, 철저히.

사랑할 수 없었다면 잊는 것만이라도 쉽기를,
비켜가야 하는 길이라면 돌아서는 일만이라도 쉽기를.

저만치 온 이별

어쩌면 나는, 너를 떠나보낼 때 너를 가장 사랑한 것이 아니었을까. 이별은 내게 있어 사랑의 절정이었다. 가장 사랑하던 그 순간, 나는 너를 놓았다.

저만치 구름이 몰려와 있었지만 나는 우산을 준비하지 않았다. 드센 소낙비가 내릴지도 모를 일이지만 나는 그대로 길을 나섰다. 비가 내린다면 그냥 흠뻑 젖고 말 뿐 결코 우산을 준비하고 싶지 않은 내 마음을 그대는 알까, 먹구름이 더 가까이 와 있었지만 끝내 비는 오지 않을 것이라고, 오지 않을 거라고 믿고 싶은 나의 마음을.

모든 것의 끝은 있겠지만 나는 그 끝을 믿고 싶지 않았다. 끝내 전화는 오지 않았지만 그렇다고 우리 사랑이 끝났다고 생각은 하지 않았다. 저만치 이별이 와 있었지만 내 사랑에 끝이 있다는 것은 믿고 싶지 않았다. 언젠가는 우리의 삶마저도 끝이 있겠지만 그렇다고 여기서 삶을 끝낼 수는 없지 않으냐.

재

내 것이 아닌 이름을
간절히 부를 때가 있다.

속으로만 부르다 까맣게 타서
내 가슴 온통 잿더미가 되는.

사랑하는 사람에게 나는 그 마음을 전하지 못한 바보였다.
사랑했지만 한 발자국도 다가서지 못한 바보였다. 그러나 더
더욱 바보는 내 이런 마음을 눈치채지 못한 그대였다. 비록
내 마음을 전하진 못했지만 내 사랑을 조금도 눈치채지 못한
그대는 나보다 더한 바보였다.

물 흐르듯

물에는 저절로 흐르는 길이 있다. 물은 그저 그 길을 따라 흘러갈 뿐 서두르거나 앞지르지도 않는다. 장애물이 나타나면 잠시 멈추기도 하지만 그렇다고 해서 결코 조바심을 내지 않는다. 그리하여 물은 끝내 목적지인 망망대해 바다에 이르는 것이다.

억지를 쓰면 어딘지 모르게 부자연스러워진다. 일을 그르치게 되는 근본 원인이기도 하다. 물 흐르듯 자연스럽게 흘러가는 그것을 '순리'라고 하며, 순리대로 살아갈 때 우리 인생도 물처럼 유유히 흘러갈 수 있으리라.

물건의 감옥

넘쳐흐른다는 표현을 써도 괜찮을 만큼 지금의 시대에는 모든 것이 풍요롭다. 풍요롭다는 것이 나쁘기야 하겠느냐만 정신은 그만큼 비좁아진다는 게 문제다. 우리 마음에 온갖 물건이 가득 쌓여 있는데 정신이 들어설 틈이 어디 있겠는가.

공책을 다 쓰고 나면 다 썼다는 기쁨보다 그 공책으로 비행기를 접는 일이 더 좋았던 어린 시절이 있었다. 일부러 여백이 남은 종이만을 골라 정성스럽게 접은 종이비행기가 푸른 하늘로 떠갈 때 그것은 환희이고도 남았다.

그때 내가 날려 보낸 것은 종이비행기만은 아니었다. 내 간절한 염원을 담고 종이비행기는 유리알 같은 창공을 휘젓고 날아다녔을 것이다. 그때의 종이비행기는 지금 내 삶의 어디쯤에서 날고 있을까? 푸른 꿈이 아직 내게 남아 있긴 한 것일까? 물질에 대한 탐욕으로 혼탁해진 이 시대 어디 구석진 곳에 버려져 있는 것은 아닌지……

물건이 많으면 우선 공간이 비좁아지고, 관리하는 일도 늘어나게 된다. 그렇다면 그가 물건을 소유하고 있는 것일까, 아니면 물건에 그가 소유되어 있는 것일까?

오래 사귄 벗이란

나 혼자서 가만히 생각해 볼 때가 있다. 지금까지 살아오는 동안 진정한 친구라고 말할 수 있는 사람이 과연 몇 명이나 되는가 하고. 반대로, 나를 진정한 친구로 생각해줄 만한 사람이 몇 명이나 될까도 생각해본다. 여러 명의 얼굴을 차례대로 떠올려보지만 나는 그다지 자신이 없다.

두 친구가 있었다. 그들은 열심히 공부하며 과거 급제를 목표로 서로를 격려했다. 마침내 그들 중 한 사람이 과거에 급제했다. 그가 지방수령에 부임하여 떠난 지 몇 년이 지나는 동안에도 친구는 계속 과거에 떨어져 매우 빈궁하게 지냈다.
당장 먹을 양식이 없자 그 친구는 수령으로 있는 친구를 찾아갔다. 그런데 그토록 다정했던 친구가 전혀 반기지 않는 게 아니겠는가. 문전박대였다. 사정 이야기를 할 틈도 없이 그 집에서 쫓겨난 선비는 분하고 원통한 마음에 이를 악물었다.

'두고 보자. 이 서러움은 내가 반드시 급제하여 갚으마.'

그렇게 마음먹은 선비는 그 길로 바로 절에 들어가 공부에 전념하였다. 그 때문인지 다음 과거에는 급제를 했다.

금의환향하여 집으로 돌아와보니 자신을 박대한 친구가 찾아와 있었다. 선비가 노려보자 그 친구는 허허 웃으며 이렇게 말하는 것이 아니겠는가.

"자네를 분발하게 하느라고 그토록 매정하게 굴었던 것이니 너무 서운해 말게."

나중에 알고 보니 집안 식구들의 양식도 이미 그 친구가 다 대주고 있던 터였다. 그 친구가 아니었더라면 온 가족이 벌써 다 굶어 죽고 말았을 것이라는 아내의 이야기를 듣고서야 선비는 뜨거운 눈물을 흘렸다.

> 잘못을 보면 일깨워주고, 좋은 일을 보면 마음 속 깊이 기뻐하며,
> 괴로움에 처했을 때 서로 버리지 않는 사람을 친구라고 한다.

새벽, 별이 지다

그대를 보고 싶어 하는 마음처럼 저 별은 이 밤 내내 홀로 반짝이고 있었을 테다. 그렇게 아프게 반짝이다가 새벽이 되면 말없이 자취를 감출 것이다. 길을 가다 어둠이 걷히고 별이 지면 여태 마음 둘 곳 없었던 내 오랜 그리움도 눈을 감을 수 있을 것인지. 숨 가쁜 사랑이여, 이제 그만 쉬어가라.

창가에서

비 갠 오후,

햇살이 참 맑았는데

갑자기 눈물이 났습니다.

세상이 왜 그처럼 낯설게만 보이는지

그대는 어째서

그토록 순식간에 왔다 갑니까.

사랑은 왜 그토록 순식간이며 추억은 또 왜

이토록 오래도록 아픔인 것인지……

혼자 가는 길

산다는 것은 때로
까닭 모를 슬픔을 부여안고
떠나가는 밤 열차 같은 것.
안 갈 수도, 중도에 내릴 수도,
다시는 되돌아올 수도 없는 길.

쓸쓸했다, 내가 희망하는 것은
언제나 연착했고, 하나뿐인 차표를
환불할 수도 없었으므로.

부는 바람이야 스쳐 지나가면 그뿐, 남아 흔들리던 나는 혼자 울었다. 산다는 건 그렇게 저 혼자 겪어내야 하는 일이다. 모든 걸 저만치 보내놓고 혼자 가슴을 쓸어내리고, 혼자 울음을 삼키며, 혼자 하는 그 모든 것에 조금씩 익숙해지는 일이다.

흔들리되 주저앉지는 말 것.
혼자 일어서려면 그 또한
힘겹고도 눈물겨우니.

당신은 그저 삶의 물결에 휩쓸려만 가고 있는가

바람 속을 걸어가다

지금 이 순간

해마다 피는 꽃이라도 같은 모습은 아니다. 그 꽃을 바라보는 나도 예전의 나는 아니다. 모든 것은 흐르고 변한다. 나 또한 이 자리로 돌아올 길은 영영 없다.

그러니 어찌 소중하지 않을까, 어찌 간절하지 않을까, 지금 이 순간 내 눈빛에 담기는 모든 것들이.

purple02
사랑한단 말은 못해도

사랑한난 말은 못해노
보고 싶었다는 말은 해야지.

보고 싶었다는 말은 못해도
생각이 나더란 말은 해야지.

생각이 나더란 말은 못해도
보고 싶었다는 말은 못해도
사랑한단 말은 못해도

그 어느 말이라도 상관이 없다만
안녕이란 말은 말았어야지.

공복

배가 고팠다.
나에게 아침은 늘 허기가 졌다.

그렇다고
새벽부터 밥을 먹을 수 없지 않느냐.

네가 그립다고 새벽부터 만나자고
조를 수 없지 않느냐.

너의 부재로 인해
나는 시도 때도 없이
배가 고프다.

고독하다는 것은 내 마음을 고스란히 비워 당신을 맞이할
준비가 다 되어 있다는, 그래서 당신이 사무치게 그립고,
어서 오기만을 기다린다는 그런 뜻이다.

못났다

자물쇠 풀어두고
네가 들어오기를 기다린 지
한참이나 지났지만

대체 너는 언제까지 그렇게
문 앞에서 서성거리기만 할 것인가.

못났다.
　참 못났다.

돌아오지 않을 너에게

그저 박혀 있을 때는 몰랐지,
네가 그렇게 아픈 것인 줄.

뽑으려고 할 때 알 수 있었어,
네가 그렇게도 깊이 박혀 있었다는 것을.
뽑으려고 할수록 아프다는 것을.

이제 그립지 않아, 당신 따위. 돌아오지 않을 거라는 건 진작
부터 알았어. 당신은 알아야 해. 당신이 나를 떠난 게 아니라
내가 당신을 떠나보냈다는 것을. 애초에 만날 때부터 보내
기 시작했다는 것을. 당신을 만났고 사랑했고 미워했으니 이
걸로 됐지. 이만하면 충분해. 천만에, 끝이 아니라 시작이야.
나 이제 다른 삶을 살래.

지금 가는 길 말고 다른 길은 없다

길이 끝나는 곳에 또 다른 길이 시작되고 있다고?

천만에, 그건 오산이다. 그런 생각 자체가 지금 가는 길을 나태하게 만들 뿐이다. 길이 끝나는 곳엔 더 이상 길이 없다고 생각하자. 이 길이 아니면 안 된다는 각오로 지금 하는 일에 최선을 다하자.

길이 끝나는 곳에는 끝만 있을 뿐 새로운 시작은 없다.
지금 가는 길에 충실하지 않고선 또 다른 길은 영영 없다

purple07
성공에는 특별한 비결이 없다

"아무 기교도 없어요. 주어진 일에 전력을 다했을 뿐입니다."
성공의 비결에 대해서 묻는 사람들에게 대답한 카네기의 말
이다. 카네기는 스코틀랜드의 가난한 집안에서 태어났지만
미국으로 이주해 철강 왕이 된 입지전적인 인물이다. 당시 미
국 제일의 재산가로서 엄청난 부를 소유하고 있던 그의 성공
에는 사람들이 생각하듯 그리 특별한 비결이 숨어있지 않았
다. 그저 남들보다 조금 더 열심히 일했을 뿐이라는 것이다.

영국의 챔버린은 구두점 직공에서부터 장관까지 오른 인물
이다. 어느 날 기자가 그 성공의 비결을 물었을 때, 그는 이
렇게 대답했다.

"나는 소년 시절, 구두점에서 일할 때 거기에서 일등을 하겠다고 결심했습니다. 그 후 일등 가는 직공이 되었고, 런던에서 구두점을 차렸을 때 영국 제일의 구두장이가 되었습니다. 이렇게 해서 나는 장관에 오르게 되었습니다."

독일의 대음악가인 슈만은 젊었을 때 여행을 좋아했다. 그날도 값싼 여관에서 잠을 자고 이른 아침에 일어나 산책을 하고 있던 중이었다. 그러다 갑자기 피아노를 치고 싶은 충동이 걷잡을 수 없이 일어났다.

그는 그길로 동네에서 가장 큰 악기점으로 달려갔다. 그 가게 주인에게 자신은 영국의 어떤 귀족을 위해서 그랜드피아노를 한 대 사야 할 가정교사라며, 무려 세 시간 동안이나 피아노를 마음껏 쳤다.

소년 에디슨은 집이 가난하여 기차 안에서 신문팔이를 했다. 그렇게 돈을 조금씩 모아 실험용 약품을 사 열차 한쪽 구석에서 짬나는 대로 실험을 했다. 어느 날 달리는 기차 안에서 에디슨이 실험을 하다 불을 냈다. 직원들이 급히 달려와 불을 끄긴 했지만 불같이 화가 난 그들은 에디슨을 열차 밖으로 밀어냈다. 큰 상처를 입지는 않았으나 그 일로 인해 에디슨은 귀를 다치게 되어 청각을 거의 잃었다.

"귀가 잘 들리지 않아 연구하는 데 방해가 되지 않습니까?"

어떤 기자가 물었을 때 에디슨은 고개를 설레설레 흔들며 대답했다.

"방해라고요? 나는 무척 다행스럽게 생각하는데요. 딴 소리가 들리지 않아 연구에만 집중할 수 있으니까요."

그저 꾸준히, 그리고 최선을 다해 걸어가다 보니
성공의 문이 열렸다고 한다. 그 시대의 위인들은 좋았겠다.
요즘은 노력해도 안 되는 게 부지기수니까.

균형 잡기

바르게 걸으면 별로 소리가 나지 않았다. 내가 지금껏 살아
오는 동안 중심만 잘 잡으면 별 탈이 없었다.

그랬다. 지금까지의 내 경험으로 미루어보아 어느 것이든 균
형을 잃으면 소리가 났다. 풀과 나무가 소리를 내는 것은 바
람에 의해 균형을 잃었기 때문이며, 물이 흘러가다 소리를
내는 것은 폭포를 만나거나 바위에 부딪혀 균형을 잃었기 때
문이다. 질주하던 자동차가 균형을 잃었다고 한번 상상해보
라. 큰 사고가 날 것은 뻔한 일이다.

결국 우리가 살아가는 일도 이 균형 잡는 것과 무관하지 않
다. 어떻게 평행을 유지해나가는가 하는 것.

아아, 여태껏 비틀거리며 살아왔던 내 인생이여. 하다못해 자전거 하나도 제대로 타지 못했던 내 삶의 무게 중심이여…….

바람 속을 걸어가다

삶이 고달프고 힘겨울 때
죽고 싶다는 생각이 들 때가 있다.

그런 때 외려 느껴보라,
지금 내가 살아 있다는 것을.

들꽃은 흔들리면서도 꽃을 피운다. 누구 하나 눈여겨보는 사
람 없지만 제자리를 지키려고 안간힘을 쓴다. 그래도 들꽃은
행복했다. 바람에 흔들리면서도 꽃씨 하나 날릴 수 있으니.

바람 불지 않으면 세상살이가 아니다. 그래, 산다는 것은 바람이 잠잠해지기를 기다리는 게 아니라 그 부는 바람에 몸을 맡기는 것이다. 바람이 약해지는 것을 기다리는 게 아니라 그 바람을 헤쳐나가는 것이다.

때로 삶이 힘겹고 지칠 때 잠시 멈춰 서서 내가 서 있는 자리, 내가 걸어온 길을 한 번 둘러보라. 편히 쉬고만 있었다면 과연 이만큼 올 수 있었겠는지.

힘겹고 지친 삶은, 그 힘겹고 지친 것 때문에 더 풍요로울 수 있다. 가파른 길에서 한숨 쉬는 사람들이여, 눈앞의 언덕만 보지 말고 그 뒤에 펼쳐질 평원을 생각해보라. 오히려 기뻐하고 감사할 일이 아닌지.

물망초가 핀 까닭은

프랑스 남쪽에 노르망디라는 평야가 있다. 이 넓은 평야에는 해마다 연보라빛 물망초가 끝없이 피어 그곳을 지나는 여행자들에게 깊은 인상을 주고 있는데, 그 물망초에는 다음과 같은 아름다운 사연이 숨어 있다.

영국과 프랑스 사이에 전쟁이 일어났을 때의 일이다.
싸움이 한창일 때, 도버 해협을 건너 프랑스에 원정 온 영국의 기사가 있었다. 그는 언제나 일기장을 가슴에 품고 있었는데, 치열한 싸움터에서도 틈만 나면 그 일기장을 펼쳐보곤 했다.

그것은 한 소녀가 자기를 위해 정성스럽게 써나간 일기장이었다. 싸움이 심해져 영국군의 최후의 돌격전이 시작되던 날, 그 젊은 기사는 불행하게도 적에게 깊은 상처를 입고 말았다. 그가 말 위에서 떨어져 숨을 거두게 되었을 때 그의 품 속에 있던 일기장이 땅 위에 떨어졌다.

그때 책갈피에 끼어 있던 물망초에서 씨가 떨어져 싹이 움트기 시작했고, 그로부터 오늘날 노르망디의 넓은 평야에 물망초가 만발했다고 한다.

산길

오르지 못할 산길을
기어이 오르려고 하는 사람이 있다.
상처 입는다는 것을 알면서도
안 되는 줄 뻔히 알면서도

포크레인을 불러
　그냥 확 밀어버릴까?

사랑보다 더한 기쁨이 없다

돌아오는 길은 늘 혼자였지.

소주 한 병을 주머니에 넣고 시외버스를 타는 동안에 눈이 내렸어. 너를 향한 마음을 잠시 접어둔다는 것, 나는 멍하니 바깥을 쳐다볼 수밖에 없었는데, 순조롭지 못한 우리 사랑처럼 어지러이 차창에 부딪쳐 부서지고 있는 저 여린 눈발들. 확신도 약속도 없이 뒤돌아섰지만 나 지금은 슬퍼하지 않겠다. 폭설이 내려 길을 뒤덮는다 해도 기어이 다시 찾아올 이 길을.

차창 너머 손을 흔들고 서 있는 그대. 그대 모습이 이토록 눈물겨운 것은 사랑보다 더한 기쁨이 세상엔 없는 까닭이다. 버스는 출발했으나 내 마음은 출발하지 않았어. 언제까지나 네 곁에 머물러 있었지.

이별보다 먼저 날아가라

누구나 조금씩은 눈물을 감추며 살지. 슬픔은 우리 방황하는 사랑의 한 형태인 것을. 밤에 우는 새여, 날아라. 더 가혹한 슬픔이 네 앞에 놓인다 하더라도 그 슬픔을 앞서 날아라. 이별보다 먼저 날아가라.

그대가 가고 없어도 내 마음엔 이별이 없네. 내가 그대를 보내지 않는 한 언제까지나 그대는 나의 사람. 곁에 없다고 해서 그대 향한 마음이 식은 것이 아니기에 그대가 가고 없어도 내 마음엔 이별이 없네. 이 땅 위에 함께 숨 쉬고 있는 한 언제까지나 그대는 나의 사람.

떠나는 사람에게 왜 떠나는가 묻지 마라.
괴로움의 몫이다.

너를 새긴다

오지 않는 전화를 기다리다 문득
비가 내렸고, 그쳤다는 사실을 깨달았다.
요 며칠, 해가 떴는지 바람이 부는지
도통 몰랐다.

어둠이 오면 어김없이 별은 뜨지만
그 별은 누구를 위해 뜨는 것일까.
고단한 우리네 삶, 우리네 사랑은
쉬어갈 줄 모르네.

그립다는 것은 내 안에 있는 너를 샅샅이 찾아내겠다는 뜻이
다. 그립다는 것은 그래서 가슴을 후벼 파는 일이다.
더 팔 것도 없는 가슴이지만 시퍼렇게 날 선 조각칼로 너를
새긴다. 너를 새기며, 나는 날마다 피 흘린다.

그러다 마침내 내 피가 다하는 날, 그날은 내가 하늘로 올라가는 날이겠지. 그대가 수혈해주지 않고서는 나는 이제 가망 없다.

purple15

마지막이란 말은 하지 말자

설령 지금이 마지막이라 하더라도 마지막이란 말만큼은 입
에 담지 말자. 다시 못 만날 것 같아도 그 가능성만큼은 지워
버리지 말자. 공연히 마지막이란 말로 마지막이 되지 말자.
우리 삶에 그 조그만 불씨마저 꺼트리지 말자.

수없이 그대를 떠나보내는 연습을 했다. 내 속에 있는 그대
를 지우는, 그러다 결국 나까지 지워지고 마는.

늘 이번이 마지막이란 말로 그대를 떠올리곤 했다. 그대를
생각지 않을 날이 있기는 있을 것인지. 마지막으로 그대를
추억할 그런 날이 과연 오기는 올 것인지.

영화의 마지막 장면이 더 기억에 남듯 우리의 마지막 이별 장면도
그 어떤 기억들보다 더 내 가슴에 남아 있다.

여전히

눈 내리는 이곳과
눈 내리지 않는 그곳.
꼭 그 간격만큼
당신이 그리웠지요.

눈은, 지상의 모든 것을 가려주지만
당신의 흔적만은 어쩌지 못하네요.
여전히 나는,
당신을 가슴에 안고 살아가는데요.

진실로 영원한 것은 '이루어지지 않은 사랑'이다.
그 이루어지지 않음으로 해서 영원을 갈 수 있다는 것을.

수고하는 선원으로

하는 일이 힘겹고 지칠 때, 나는 허먼 멜빌의 저 장렬한 소설 『백경』을 떠올린다. 끝없이 펼쳐져 있는 바다를 바라보며 아슈마엘이란 청년이 독백처럼 내뱉던 구절을 생각하는 것이다.

'배에 오르면 난 결코 시중 받는 손님이나 선장은 되지 않을 것이다. 오로지 수고하는 선원으로 남아 있을 것이다.'

때로 삶이 고단한가. 하지만 그 노력으로 인해 당신의 삶이 이만큼 올 수 있었다는 것을 기억하라. 지금 힘겹고 지친 만큼 당신의 삶이 더 풍요로울 수 있을 것이라 생각하라.

당신은 그저 삶의 물결에 휩쓸려만 가고 있는가.
아니면 삶의 물결을 헤엄쳐 가고 있는가.

마음의 창

차를 운전하고 있었다. 파주 쪽으로 가는 자유로였다. 서쪽 하늘로 지는 저녁 해가 문득 눈에 들어왔다. 날마다 뜨고 지는 해였을 텐데 참 오랜만에 보는 광경이었다는 생각이 들었다.

두 눈은 멀쩡히 뜨고 있지만 무언가를 제대로 본 적이 없다. 아침 해가 뜨고 저녁 해가 지기까지 내 시선에 담겼던 것들. 그중에 무엇 하나 기억해 낼 수 없는 것은 그냥 건성으로 보고 건성으로 지나쳤기 때문이다.

그렇게 우린 앞만 보며 걷는다. 꽃이 피는지, 바람이 부는지, 노을이 지는지, 별이 뜨는지, 누가 함께 걷고 있는지 주변에 대한 관심은 없다. 오로지 자기 갈 길만 부지런히 갈 뿐이다. 그렇게 해서 어디를 가려는지, 또 무엇 때문에 가야 하는지 알기는 알까?

더 나은 집, 더 좋은 승용차, 더 높은 자리를 위해 열심히 걸어가는 것이 나쁘지는 않다. 그러나 그것 때문에 잃어버리는 것이 있다면? 그 잃어버리는 것이야말로 우리 인생에 있어 진실로 소중한 것이라면?

지하철을 탔을 때 늘 느끼는 것이지만 사람들은 대부분 무표정하기 일쑤다. 하기사 주위에 관심을 가졌다가는 이상한 눈초리를 받기 십상이다. 그래서 어쩌다 시선이 마주쳐도 얼른 고개를 돌려 피해버리고 만다. 상대방에게 괜한 오해를 사고 싶지 않은 까닭이다. 그래서 요즘에는 아예 목적지에 도착할 때까지 핸드폰만 만지작거리는 경우가 많다.

어떤 때는 정말 숨이 막힐 것 같다. 자기 일이 아닌 것은 대수롭지 않게 그냥 넘기는 세상, 남의 일에 관심을 두면 오히려 이상한 오해를 받는 세상, 그래서 너나없이 가슴을 꽉 닫아두고 있는 세상이…….

창문을 닫으면 햇볕이 들지 않는 것이 당연한 이치다. 이젠 좀 마음의 창문을 열고 서로에게 가벼운 눈인사라도 나눴으면. 사람들은 누군가에게 보여지길 원한다. 자신의 말에 귀 기울여주길 원한다. 피곤한 어깨를 어루만져주고 따스하게 감싸주길 원한다.

다만 내 손을 조금 뻗는 것으로도 환하게 웃을 수 있는 사람. 그것만으로도 충분히 행복해할 사람이 바로 내 앞에 있다. 그냥 지나치려는가?

마음의 창을 열면 여태 응어리져 있던 것들이 하나씩 사라지게 된다.
그때까지 발견하지 못했던 너의 사랑이, 너의 아름다움이,
너의 미소가 환하게 드러나 보이니까.

마음의 보수공사

봄이 되면
보수공사를 해야 할 곳이 많아진다.
얼었던 것들이 녹고 풀리면서
본래의 모양이 훼손되거나 무너지는 경우가
더러 생기는 것이다.

보수를 해야 하는 곳이 어디
지붕이나 벽, 담벼락뿐이겠는가.
먼 길에 아지랑이 피어오르고
온 산과 들에 붉은 꽃잎 흩날리면
주저앉다 못해 폭삭 무너지고 마는 것이
우리네 마음일 텐데.

봄이 되면 가장 먼저
마음부터 보수해야 하리라.
하릴없이 구멍이 숭숭 뚫리는 마음,
한 자리에 못 있고 자꾸만
어디론가 가고 싶어 하는
그 마음부터.

새날이 있다는 것은 크나큰 축복이야. 기억할 것, 삶이란 당신에게
일어나는 일이 아니라 당신이 만들어가는 일이라는 것을.

purple20

상처쯤이야

상처를 크게 생각하면 답이 없다. 덧나 죽을 수밖에. 몸에 난 작은 종기쯤으로 생각하자. 도려내면 되게끔. 밴드 하나 붙이면 될 상처라고 생각해야 쉽게 낫는다.

두리번거리다

봄은, 모든 것의 고개를 내밀게 하지.

새싹도, 새움도, 올챙이도, 덩치 큰 곰도 그동안 숨죽이고 있
던 어두컴컴한 곳에서 문을 열어 빼꼼 고개를 내민다. 나도
창을 열고 기웃거려본다.

사랑이 저 봄과 같이 명료한 것이라면 좋겠다, 때가 되면 어
김없이 찾아오는 봄과 같이.

너는 왜 콧등도 비치지 않는가.

사랑아, 너는 왜 그토록 멀리 있는가.

또 하루가 간다

누군가 나를 따라오고 있다,
돌아보면 아무도 없는데.

옛사랑이었을 테지.

지난 사랑도 지난 게 아니었다.
지났다고 생각했던 많은 것들
어쩌자고 지금까지 끌고 왔을까.

이 하루가 지나면
당신과 만날 날이 그만큼 가까워지는 것이기를
이 하루만큼 당신께 다가가는 것이기를

하지만 그 반대였다.
가면 갈수록 그만큼 멀어졌다.

그는 잊었을지 모르겠지만
그가 남긴 기억들로 나는
또 하루를 살았는데…….

보지 않아도 눈에 선한데 왜 보고 싶은지 모르겠어.
스탠드 스위치를 켜면 너의 생각도 함께 켜졌다.

purple23

기대어 울 수 있는 한 가슴,
그리고 별 하나

비를 맞으며 걷는 사람에겐 우산보다
함께 걸어줄 누군가가 필요한 것임을.
울고 있는 사람에겐 손수건 한 장보다
기대어 울 수 있는 한 가슴이
더욱 필요한 것임을.

밤하늘엔 별이 있습니다.
내 마음엔 당신이 있습니다.
그대를 만나고부터 내 마음속엔
언제나 별 하나 빛나고 있습니다.

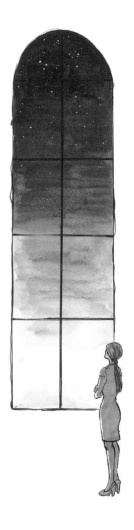

막차와 첫차

간발의 차이로 막차를 놓쳤다.
막차가 떠났으면 첫차가 올 것이지만
기다려야 하는 그 막막함은
온전히 놓친 사람의 몫이다.

나는 진작 눈치챘어야 했다,
그렇게 기다리고 서성이는 시간들로
내 삶은 꽉 채워져 있었다는 것을.

무언가를 하기 위해 기다리는 그 동안,

해가 뜨고 꽃이 피고 낙엽이 지고 눈이 내려

내 삶은 서서히 바래어졌음을.

잠에 취한 눈 사이로 여명이 비쳐온다.

이제 곧 어둠은 온 데 간 데 없이 사라지고

첫차의 시동소리가 들려올 것이다.

기지개를 켜며 나는 대견해했다,

오랜 시간 잘 참아온 나를.

툭툭 털고 자리에서 일어서야지.
털리지 않는 무언가도 있겠지만
무시해야 해, 하며 나는
종종걸음으로 대합실 문밖으로 나섰다.
나처럼 새벽 첫차를 타기 위해
몇몇 사람들이 줄을 서고 있었다.

자, 어서 가자.
졸리지만 첫차를 탈 수 있다는 게
얼마나 다행인가.

나는 대견해했다, 오랜 시간 잘 참아온 나를.
자, 어서가자.

우느라 길을 잃지 말고

초판 1쇄 인쇄일 • 2018년 10월 25일
초판 1쇄 발행일 • 2018년 10월 30일

지은이 • 이정하
펴낸이 • 임성규
펴낸곳 • 문이당

등록 • 1988. 11. 5. 제 1-832호
주소 • 서울시 성북구 동소문로 65-2 삼송빌딩 5층
전화 • 928-8741~3(영) 927-4990~2(편)
팩스 • 925-5406

ⓒ 이정하, 2018

전자우편 munidang88@naver.com

ISBN 978-89-7456-516-9 03810

값은 뒤표지에 표시되어 있습니다.